福岡市文学館選書 4

竹下しづの女・龍骨句文集

竹下しづの女／竹下龍骨

発行—福岡市文学館
発売—海鳥社

竹下しづの女・龍骨句文集◉目次

Ⅰ　竹下しづの女

俳句（『定本　竹下しづの女句文集』）……9

俳論……47

自句自解　48

かな女・久女・みどり女・あふひ・せん女・淡路女・三巴女諸氏　51

学生俳句連盟は存在している　67

俳句は環境諷詠詩である　70／不安を糧とせよ　71

新蝶古雁　72

小品……103

明るいカンナ　104／渡海難　110

山と人　124／七夕祭　139

雪折れ笹　147／児童図書館の諸問題　154

Ⅱ 竹下龍骨

俳句（「成層圏」）…… 161

俳論 …… 179

俳句の根本問題 180／芭蕉 185

Ⅲ 「成層圏」

資料紹介 194／【復刻】「成層圏」第一号 195

総目次 212／年譜 231

初句索引 234／竹下しづの女・龍骨年譜 245

【解説】心高鳴り …… 野中亮介 248

初出一覧 255

凡例

一、竹下しづの女の俳句は、香西照雄編著『定本 竹下しづの女句文集』（星書房　昭和三九年三月）を底本とした。ただし、昭和一四年までの句で、しづの女の句集『颱』に掲載されているものについては『颱』を底本とした。

二、竹下しづの女の小品・俳論、竹下龍骨の俳論は初出誌を底本とし、原文を尊重しつつ、現代仮名遣いに改めた。

三、竹下龍骨の俳句・俳論は学生俳句連盟の機関誌「成層圏」を底本とした。

四、漢字の字体は固有名詞以外、常用漢字は改訂常用漢字表に示された字体、表外漢字は印刷標準字体を使用し、俳句は旧仮名遣いのままとした。

五、明らかな誤字は訂正し、脱字は〔　〕で補った。

I　竹下しづの女

竹下しづの女（たけした・しづのじょ）

本名シヅノ。明治二〇（一八八七）年三月一九日～昭和二六（一九五一）年八月三日。

福岡県京都郡稗田村大字中川生まれ。福岡県女子師範学校卒業後、久保尋常小学校、稗田尋常小学校訓導を経て、小倉師範学校訓導となる。大正元（一九一二）年、水口伴蔵を養子に迎えて結婚。五人の子どもを得る。八年頃より俳句をはじめ、九年、「短夜や」の句で「ホトトギス」（八月号）の巻頭を飾る。昭和八（一九三三）年、夫が急逝したのちは、福岡県立図書館児童閲覧室係の出納手として働き始める。

俳句を中心とした活発な文学活動とともに、長男龍骨（本名吉仙）らの「学生俳句連盟」の機関誌「成層圏」の指導者として、晩年は九大俳句の指導者として活躍した。

俳句

（『定本　竹下しづの女句文集』）

大正九年

固き帯に肌おしぬぎて種痘かな

短夜を乳足らぬ児のかたくなに

短夜や乳ぜり泣く児を須可捨焉乎《すてつちまをか》

乳啣ます事にのみ我が春ぞ行く

這婢少《わか》く背の子概ね日傘の外

夏帽や太眉秘めて一文字

弾っ放して誰そ我がピアノ夏埃

鍵板《キイ》打つや指紋鮮かに夏埃

清水掬むや犇と岩に倚る繊そ腕

伏し重つて清水掬ぶや生徒達

芥子摘めば手にもたまらず土に落ちし

旭の薔薇に矗と彳つ博士夫人かな

乱れたる我れの心や杜若

滝見人水魔狂ひ堕つ影見しか

枝蛙に小蛇いよいよ迫りしぞ

とても霽れぬ五月雨傘をさして去ね

打水やずんずん生くる紅の花

夏園や雲ゆるう来て遠喇叭

滴りて木賊嫩芽の色甘き

枯笹と堕ちし蝸牛に水暗し

夏痩の肩に喰ひ込む負児紐

鎖二本垂れゐて雲の峰高し

二重人格に消し吾れがふと蚊屋に居し

処女二十歳《はたち》に夏痩がなにピアノ弾け

鮓手ン手に葭簀喰み出て工夫達

うらぶれや櫛に嵩増す木の葉髪

秋日こめて紅蘆の葉や燃えそめし

紅葦の紅奪ひつゝ陽は簷へ

月を浴び婢の顔崇《けだか》し菊畑

三井銀行の扉の秋風を衝いて出し

脚高の橋痩せめきて小春かな

夜長き女裁板抱いて寝つきたり

夜長き女蚕の如く寝ね入れり

霧の海大博多港の燈を蔵す

終列車の扉の霧衝いて一人下車

夜寒児や月に泣きつゝ長尿り

朝寒や小石大きな影を曳く

子を負うて肩のかろさや天の川

わがよろこびと似し花小春葉隠れに

手袋とるや指輪の玉のうすぐもり

胼ふえてますます光る指輪かな

御忌僧一人異端者めきて鬚美事

ピン抜くや抜けて絡む毛秋の声

電気炬燵に膝すこしあて老母かな

ヘッドライトに枯野と知りて稍久し

今年尚其冬帽乎措大夫《づま》

窮措大肩尖らせて古浴衣

留守居妻他人の咳に夜をたのむ

蜜蜂の如女集《たか》れりゑびすぎれ

除夜の鐘襷かけたる背後より

大正十年

初鶏やカアテン垂れて冬薔薇

カルタ歓声《どよみ》が子を守るわれの頭を撲つて

詩《うた》書くや襤褸の中の春夜人

春夜人衿裄け了へて今十時

フリージヤ嚙んで苦さ今知る虚口心

髢吊して今日も砧のあろじかな

凍て畳に落ちてひろごる涙かな

鉢棚を叩く硬さや寒の雨

凍て飯にぬる茶もあらず子等昼餉

寒夜鏡に悽しづまりて誰かイつ

大正十二年

父逝く

とことはの御別れ蚊帳となりにけり

昭和二年

書初やをさなおぼえの万葉歌

添へ髪のおもたき髷や祭髪

祭り人降り続くなり汀まで

夏痩もせずたゞ眠き怖しヽ

霧濃ゆし馬蹄のこだま喝破《かぱ》〔ママ〕とのみ

昭和三年

愁あり鬢髱つめし祭髪

水馬蜂の骸《むくろ》の眼を吸へる

琢木鳥や木の葉の渦を見るばかり

華やかや吾をつつみて舞ふ落葉

昭和四年

草庵新築

青葦を手づから刈つて簾を編むも

ちひさなる花雄々しけれ矢筈草

葦刈の去年来し漢又も来し

彼の漢遊ぶが如し葦を刈る

葦刈の去んで人見ぬ日数かな

鳰載せてけはしき水となり初めつ

稲刈のしぐるゝ妻を叱り居り

古里は痩稲を刈る老ばかり

曲りたる七重の腰に毛見案内

雪嶺となつて外山の大起伏

雨風に黙々として鵙の冬

寒禽となり了んぬる鵙一羽

昭和五年

畑打つて酔へるがごとき疲れかな

日を追はぬ大向日葵となりにけり

鳥雲に児を措きて嫁す老教師

影させしその蝶にてはあらざりき

夏帽や女は馬に女騎り

シクラメン花の裳をかゝげ初む

大いなる月こそ落つれ草ひばり

秋晴の名ある山ならざるはなく

月代は月となり灯は窓となり

親しき友を送りて

十三夜日記はしるすことおほき

水郷日田

遊船に水門もたぬ楼ぞなき

流材に紅葉とぼしき双の岸

颱風の去にし夜よりの大銀河

雑音に耳あそばせて日向ぼこ

昭和六年

四月三十日　県立糟屋農学校長官舎に転居す

学校の音春眠を妨げず

水論に農学校長立ちも出づ

門内や秋耕の馬十五頭

秋耕の鞍のざぶとんまくれなゐ

校内も稲刈り伏せてひろさかな

藤棚に藤波なして返り咲き

鯖提げて博多路戻ることもあり

茸狩るやゆんづる張つて月既に

窓しめて魂ぬけ校舎干大根

大いなる寝手袋をして寝まりけり

昭和七年

四月三日　長女澄子結婚

山をなす用愉し丶も母の春

子をおもふ憶良の歌や蓬餅

鮓おすや貧窮問答口吟み

花菜散る糟《かす》屋《や》郡《ごおり》をたもとほり

遠《をち》の灯の名ををしへられ居て涼し

関西・伊勢・山陰旅行

踏んばつて人映りをり秋の水

彼方にも月の瀬一つ現はれぬ

月既に湖心にありて宿りけり

大山登山

禁制の紅葉をかざし行くは誰そ

踏みのぼる木の根木の根の苔紅葉

一枝の濃紫せる紅葉あり

枝ながら柿そなへあり山の寺

霧迅し山は紅葉をいそぎつゝ

額づけば秋冷至るうなじかな

旅衣時雨るゝがまゝ干るがまゝ

旅疲れかくして語る夜長妻

十月三日　三十三間堂に詣づ（一句）

青春の仏のかほと見まゐらす

ギザギザの露を鎧ひて今年藁

昭和八年

貧乏と子が遺るのみ梅の宿

一月二十五日　主人急逝

温室咲きのフリージヤに埋め奉り

郵便の疎さにも馴る雲雀飼ふ

籠《こ》雲雀に街衢《まち》の伏屋の明け暮るゝ

ことごとく夫《つま》の遺筆や種子袋

水飯に晩餐ひそと母子かな

貧厨にドカと位す冷蔵庫

霊棚や二代養子の父と夫

墓参路や帯まであがる露しぶき

掃苔や景行帝の御所ちかく

真《まつ》額《かう》に由布嶽青し苔を掃く

ひよどり来きくいただき来人来ずも

月光を浴びて煙にはたらけり

忌ごもりのしのび普請に秋老《た》ける

香の名をみゆきとぞいふ冬籠

吾児美《くは》しラガーと肩を組みてゆく

昭和九年

貸家より主《おも》家《や》が低し寒雀

銀の爪くれなゐの爪猫柳

花日々にふくらみやまず書庫の窓

書庫の窓つぎつぎにあくさくらかな

母の名を保護者に負ひて卒業す

いまそかるみ霊の父に卒業す

かたくなに枝《し》垂《だ》れぬ柳道真忌

貫之の歌たからかに菜摘人

玄海に花屑魚《かなぎ》育てて碧き潮

卓の貝深海の譜をひそと秘む

芽櫟や鵙こぶかくも番ひ棲み

書庫暗し若葉の窓のまぶしさに

日々《にちにち》の足袋の穢《ゑ》しるし書庫を守る

紋のなき夏羽織被て書庫を守る

司書わかし昼寝を欲りし書を閲す

児に頒つ数頃《けい》の田や初蛙

かはせみに蔦をよそはぬ老樹なく

かはせみに襤褸の漢水を飲む

月見草に子におくるゝの母帰宅

月見草に食卓就《な》りて母未だし

萩に似て萩より勁し矢筈草

涼しさや帯も単衣も貰ひもの

干梅の皺たのもしく夕焼くる

汗の身を慮りて訪はず

大旱のむなしく冷ゆる溶鉱炉

煙突の魂ぬけてたつ強《つよ》旱

貸ボート旗赤ければ空青く

蓼咲いて葦咲いて日とっとっと

父のなき子に明るさや今日の月

月あらば片割月の比《ころ》ならむ

おもむろに月の腕を相搦み

香椎宮

夜の闇さ椎降る音の降る音に

梟やたけき皇后《きさい》の夜半の御所

梟に森夜ぶかくも来りつれ

み仏にささぐる花も葦の華

吾がいほは豊葦原の華がくり

華葦の伏屋ぞつひの吾が棲家

棲めば吾が青葦原の女王にて

鹹《しほから》き痰を嚼みつつ風邪に耐ゆ

修道女のその胼の手を吾が見たり

節穴の日が風邪の子の頬にありて

吾子ををしスキーを肩に我が門《と》出づ

スキーヤのその右肩の聳ゆるや

化《け》粧《ば》ふれば女は湯ざめ知らぬなり

子乞食に冬日あつめてドウムの扉

葦火してしばし孤独を忘れをる

海羸打にすぐゆふがたが終ふなり

枯葦に雨しとしとと年いそぐ

昭和十年

児が駈けぬ母が駈けりぬ山椿

鳥追の車掌に剪らす切符かな

人絹の鳥追笠の朱ケの紐

葦の穂の今朝こそくろし春の雨

書庫の書に落花吹雪き来《く》しづかにも

書庫暝《くら》く春尽日の書魔あそぶ

書庫瞑く書魔生《あ》る、春逝くなべに
灯《ひとも》りぬ花より艶《あで》に花の影
孵卵器を守れる学徒に日永くも
孵卵器もnoteも春の寝に委ね
蝌蚪の水森ぐんぐんと緑し来《く》
母婦会の帰路夜桜へ連れ立ちて
ヨットの帆はろかに低しつゝじ園
常《とこ》乙女めく夫人去り燕来し

相倚りて枝うちかはす新樹かな
紫陽花や夫《つま》を亡くする友おほく
桃美《くわ》しかたいしもゝと疎まれて
明けて葬《はふ》り昏れて婚《めと》りや濃紫陽花
起居懈しきんぽうげ実を挙げしより
受話機もて笑ふ顔見ゆ合歓の窓
緑蔭や矢を獲ては鳴る白き的
吏愉《たぬ》し半休に入り弓を引く

痩せて男肥えて女や走馬燈

百千の指紋の躍る書を曝す

既に陳《ふ》る昭和の書あり曝すなり

汝《き》儕《やつら》の句淵源する書あり曝す

塔《タ》屋《ワー》白しそだちやまざる雲の峰

青葦の囁きやまず端居かな

藤椅子の上にも図書のはびこれる

小風呂敷いくつも提げて墓詣

村人に轡をとらせ墓詣

四五人の村人伴《つ》れて墓詣

掃苔の手触りて灼くる墓石かな

掃苔や夫なき母をいたはりて

故里を発つ汽車にあり盆の月

貸してある家も等しく柿の秋

稗の穂は垂り稲の穂はツンツンと

篠白し月蝕まれつゝいそぐ

考へに足とられ居し蓼の花

母帰るや否や鶲が来しといふ

鶲来て母は毎日不在なり

鶲の路月の骸《なきがら》横たはる

群衆にもまれてみたし秋の暮

昭和十一年

随身の美男に見《まみ》ゆ初詣

種子明す手品師も居し初詣

幾何を描く児と元日を籠るなり

毛糸編み居てその胸が灯を点す

影を曳く石ころとゐて暖かし

円き日と長き月あり紙鳶の空

アカシアや庵主が愛づる喧嘩蜂

大いなる弧を描きし瞳が蝶を捉ふ

土蜂や農夫は土に匍匐する

書庫瞑しゆうべおぼろの書魔あそぶ

赫《あか》茶けし書魔におぼろの書庫燈る

書魔堰いて書庫の鉄扉が生む朧

書庫古りて書魔老ひて花散りやまず

痩せ麦に不在地主の吾が来イつ

小作より地主わびしと麦熟るゝ

藍を溶く紫陽花を描くその藍を

春服や青緑のペン胸にあり

偸みたる昼寝芳し事務の椅子

的皪や風鈴に来る葦の風

風鈴や古典ほろぶる却《とき》ぞなき

風鈴に青葦あをき穂を孕む

瑞葦に風鈴吊りて棲家とす

軒ふかしこの風鈴を吊しより

翡翠の飛ばぬゆゑ吾もあゆまざる

翡翠に遅刻の事は忘れ居し

笹枯れて白紙の如しかたつむり

東京久保より江夫人に
この梅にかく倚られ居きかくは倚る

都塵濃し緑恋しと鯉幟

紅塵を吸うて肉《しゝ》とす五月鯉

五月鯉吾も都塵を好みて棲む

緑樹炎え日は金粉を吐き止まず

あらくさにたんぽぽが伸び鬼棲めり

緑樹炎え割烹室に菓子焼かる

颱風に髪膚曝して母退《ひ》勤《け》来《く》

汗臭き鈍《のろ》の男の群に伍す

額《ぬか》に汗しいよいよ驕る我がこゝろ

そくばくの銭を獲て得しあせぼはも

開けたてになほ戞々と秋扇

小作争議にかゝはりもなく稲となる

おばしまにかはほりの闇来て触るゝ

月の名をいざよひと呼びなほ白し

我を怒らしめこの月をまろからしめ

怒ることありて恚れり月まどか
月まろし恚らざる可らずして怒り
嫁ぎゆく友羨《とも》しまず柿をむく
柿をむきて久《と》遠《は》の処女もおもしろし
紫の蕾より出づ銀の葦
かたくなに櫟は黄葉肯ぜず
楢櫟つひに黄葉をいそぎそむ
寒風と雀と昏るゝおのがじし

寒雀風の簇にまじろがず
まつくらき部屋の障子に凭れ居し
八ッ手散る楽譜の音符散る如く
黒き瞳と深き眼窩に銀狐
鳰の描く水尾の白線剛かっし
婢を具して登校の児の緋のマント
ペンだこに手袋被せてさりげなく
雪ふかき田家に火のみ赤く燃ゆ

赤《しやく》光《こう》をつらねてくらし遠山火

山火炎《も》ゆ乾坤の闇ゆるぎなく

山火炎ゆ嘗て幼の吾に炎えにし

昭和十二年

都府楼古址

山上憶良ぞ棲みし蓬萠ゆ

蓬萠ゆ憶良・旅人・に亦吾に

蓬摘む古址の詩を恋ひ人を恋ひ

万葉の男摘みけむ蓬摘む

木蓮に白磁の如き日あるのみ

網膜に芥子の真紅を真紅に鐫り

たゞならぬ世に待たれ居て卒業す

吉佃帝大に入る

新しき角帽の子に母富まず

月見草灯よりも白し蛾をさそふ

月見草勤労の歩のかく重く

朝の路水より素《しろ》し蟻地獄

蟻地獄寸刻吝しき歩をはゞむ

颱風鬼吾が唇の朱を奪ふ

吾が皓歯颱風の眼をカッと嚙む

颱風は萩の初花孕ましむ

六月十七日　台湾赴任の澄子夫妻を送りて

汝がゆくて片蔭ありやなほも行くや

夏潮は白し母と子相距て

家貧にして花葎まつさかり

秋風をそびらにいそぐ家路かな

谿の家古りおのがじし柿の秋

人膚に消てあたゝかき枯木かな

十月　支那事変応召の友を歓迎して（三句）

秋の雨征馬をそぼち人をそぼち

焦けし頰を冷雨に搏たせ黙し征く

秋雨《しゅうう》〔ママ〕来ぬ重き征衣を重からしめ

水鳥に兵営の相たゞならじ

夜ぞ深き葎を折りては北風叫ぶ

夕日赫っと枯野白堊にぶっかり来

寒鮒を堕して鳶の笛虚空

降霜期耕人征きて家灯《とぼ》らず

青きネオン赤くならんとし時雨る

鉄扉して図書と骸《むくろ》の歳と棲む

かたくなに吾が額つかずクリスマス

老醜やボーナスを獲てリリと笑ふ

用納めして吾が別の年歩む

家事育児に疎まれて我が年いそぐ

悪妻の悪母の吾の年いそぐ

昭和十三年

年立てり家政の鍵の錆ぶまゝに

書に触るるうれしさのみにかじかめる

花吹雪く窓をそがひに司書老ひたり

健次郎を七高に入れて（二句）

寮の子に樗よ花をこぼすなよ

汝に告ぐ母が居は藤真盛りと

路幽く椿の紅を燃えしめざる

都府楼址

茅《ち》萠え芝青み礎石にかしづける

茅に膝し巨き礎石の襞に触る

鶯が鳴くゆゑ路が遠きなり

女子専門学校父兄会に出席して（三句）

苺ジヤムつぶす過程にありつぶす

苺ジヤム甘し征夷の兄《え》を想ふ

苺ジヤム男子はこれを食ふ可らず

蚊の声の中に思索の糸を獲し

山の蝶コックが堰きし扉に挑む

苔の香のしるき清水を化粧室《トワレ》にひき

女人高邁芝青きゆゑ蟹は紅く

階高く夏雲をたゝずまはしむ

田草取に鏡の如き航空路

葦咲いて夏をあざむくゆふべあり

刈稲の泥《ひぢ》にまみれし脛幼し

七周忌に（一句）

夫の忌を修すや風邪の褥《しとね》より

寒波来し昨日《きぞ》としもなし芝に坐す

寒波来ぬ月光とみに尖りつゝ

寒暴れの門司の海越え来し電話

たゝまれてあるとき妖し紅ショール

ものの香を秘めてショールやたゝまれあり

片頰にひたと蒼海の藍と北風《きた》

埋火や今日の苦今日に得畢らず

かたくなに日記を買はぬ女なり

極月三十日　友の一家と太宰府に詣づ

旅人も礎石も雪も降り昏るゝ

埋火に怒りを握るこぶしあり

埋火の上落魄の指五本

おそき子に一顆の丹火埋め寝る

昭和十四年

明治神宮

宝庫番と暮れてまかるや初詣

ちりひぢの旅装かしこし初詣

初富士の金色に暮れたまひつゝ

梅林にいくさを勝ち来妻を具し来

傷兵の白ければ梅いや白く

散る梅にかざし白衣の腕なり

茶屋ひくし梅林とほくなだれつつ

梅に翳すは左手なり垂れし右手は無し

傷兵に今日のはじまる東風が吹く

軍隊の短き言葉東風に飛ぶ

軍需輸送の重き車輌ぞ雪を被《き》来《く》

吹雪く車輌征人窓に扉に溢れ

車輌吹雪き軍服床に藉きても寝る

煖房車に髪膚饐えつゝ旅果てず

やすまざるべからざる風邪なり勤む

寒行の眼鏡妖しく光り来る

壁炉眩し子故に推してかくは訪ふ

壁炉美《は》し吾れ令色を敢へてなす

壁炉あかしあろじのひとみひやゝかに

離れ棲む子の天遠し星祭る

星祭る子を伴れて子や里がかり

夫遠し父遠し天の川遠し

風鈴狂へり夕餉おくる、由ありて

悲憤あり吐きし西瓜の種子黒く

無月にもあらずさやけきにもあらず

うつぶして華こそ勁し葦の華

英霊も秋風に夕まぎれつゝ

子といくは亡き夫《つま》といく月真澄

妻が守る防空の夜の露けさよ

金色の尾を見られつゝ穴惑ふ

鈴懸黄樹を鉾とし葦を楯とし棲む

鵯鳴いて古址には古址の山河あり

鵯問へば鵙が答ふる答へけはし

鵙裂帛の怒りを恚り鵯ゆづらず

吾が胃吾が手に触れしよりの夜長かな

大学生に買はれて哀し塩鰯

塩鰯咬つて象牙の塔を去らず

寒雀傲岸に蘆華狷介に

かく粗くかつ軽けれど今年米

なつかししうすきふとんのかたきさへ

残菊や時めく人に訪はれ

枯銀杏空のあをさの染むばかり

年けはし炭欲る心打ち捨てたり

石炭を欲りつゝ都市の年歩む

昭和十五年

我が子病む梅のおくるるの所以なり

梅遅し先考・亡夫・病む嗣子に

梅おそし子を病ましむる責ふかく

梅白しかつしかつしと誰か咳く

春雨となるべき雨と思ひ行く

麗《うららか》や松の美醜は松ぞ知る

磐に鬩《せめ》ぐ兄弟わかし火蛾の下

白萩に神純白ををしむなく

きちきちに日は新しくかんばしく

きちきちまぶし日のまぶしさも之に如《し》かず

おそろしき創を裹《つつ》みて秋袷

黄葉す紅葉す斯く入院す

人死なせ来し医師寒し吾子を診《み》る

降るは落葉樹《た》つは胸像来るは学徒

落葉路胸像獲ては階となる

枯葦の辺に夜の路をうしなひぬ

葦枯れておほらかに見ゆ吾家かな

星すでにそだちて喬《たか》し枯銀杏

冬木鳴る昴《すばる》の星の鳴るばかり

昴《すばる》は神の鈴なり冬木触りて鳴る

冬木鳴る闇鉄壁も啻《ただ》ならず

古里の時雨を颪す嶽おそろし

色鳥をよそ目に煤け寒雀

吾が性《さが》に肖《に》し子を疎み冬籠

北風に飛ぶ人の隻語を聞きとがむ

昭和十六年

好日や紅梅の紅失すばかり

椿落ち古人この地にうづもれし

枯蓮や学舎は古城さながらに

樹頭より囀りの帯土に伸ぶ

土かなしみみずを竜とをどらしめ

起居の翳《かげ》やうやくふかし忍《しのぶ》吊る

菊美し嫁ぐべく兄征くべく

鵙昏《く》るる吾がいとなみのたゆむなく

人の征《ゆ》くところ神征く東風はやく

この国の空の純《きよ》さを月知るや

昭和十八年

鋤鍬と農具の序あり注連打たる

母の道古今貫く月真澄

ひとへものほころび家墻《がき》壊《く》え壊《く》ゆる

昭和二十三年

龍骨忌に

孤り棲む埋火の美のきはまれり

梅を供す親より背より子ぞ哀《かな》し

枯蘆に庭の紅梅香ぞいどむ

汝を悼む友皆遠し春の雁

健次郎就職（二句）

弊衣無帽無手袋なれど教授なる

帰省して村に与《くみ》せず小屋棲ひ

嘗てみかどをこゝに埋むと木兎が鳴く

あめつちに在るは吾のみ稲妻のみ

稲妻のぬばたまの闇独り棲む

稲妻の闇ぞ鋼鉄の寝の惟

水鳥人は一足づつ歩む

吾れ語彙に「郷愁」を持ちすみれ摘む

すみれ摘みバイロン・シエレーなつかし、

木々に芽を吾に忘却を神は強ゆ

五月乙女の笠の咫尺に青朝日

五月乙女の笠昏きまで青朝日

日に昏く月にましろく田植笠

欲りて世になきもの欲れと青葉木兎

夜半の吾が胸を吾が抱く青葉木兎

吾が寝園常にひとりの青葉木兎

憂愁は貧富を超ゆる青葉木兎

青葉木兎ひるよりあをき夜の地上

臥床の吾以外は無なり青葉木兎

昭和二十四年

凩に吾をくろがねの像とし行く

鴨撃ちにあらがふごとく葦彳《た》てり

父宝吉翁三十三回忌、夫伴蔵十七年忌、長男吉信五年忌を修して（二句）

梅を供す父と背は白子は紅梅

梅を手折る幽瞑遠き夫と子に

梅に紅梅あり母に煩悩あり

淑子大学卒業

鳥雲に伏屋の女人哲学者

秋風に吹かるる心の解けるまで

枯葦の撥止とかへす吾が歌声

米提げて野路の雪はた街の雪を

吾が米を警吏が量る警吏へ雪

米提げてもどる独りの天の川

天に牽牛地に女居て糧を負ふ

米にのみかかはり女です織女よ

眉をあげてタックルかけしラガーぞ彼

ラガー今キックと呼べり呼べるは彼

ラガー彼凱《か》ち来と笑まふ瞬時の笑

穴を出し蛇居てはふりの梢に華やぐ

花ゆすら白し暮色をうべなはず

風鈴の古りし光蔭吾が歴《へ》たり

米提げて火を吐く喉をラムネに灼く

米提ぐる霜夜もラムネたぎらし飲む

ラムネ飲む銀河の河心まさかさま

ラムネあふる重き背の糧呪はれよ
夕顔開花女に懐疑またたき初む
夕顔ひらく女はそそのかされ易く
かはほりに学窓秘史の燈をかゝぐ
学窓秘話さもあらばあれかたつむり
青蔦の窓の燈を恋ひ夜来しや
青蔦の窓の大学詩を生までや
蔦青し井ノクボの窓白虹の燈
青蔦が記憶裡の人を窓に描く
窓の合歓記憶の燈を待てばつく
芳草の香に咽せび寝ぬあばらやの
肩に背にまつはる蝶や薊剪る
夏蝶に髪膚ゆだねて薊剪る

昭和二十五年

蚤と寝て襤褸追放の夢ばかり
青葦の風透徹す肝に腑に

架に書なし桶無し蝶花なし

唾壺抱きひとりの蚊帳にひとり棲む

女の不幸機影青葦を鳴らし過ぐ

雪の夜の毒薬買ひに行きしことも

夜半の雪起きてくすしに君馳せしか

死んではならぬと凍てし吾が手を犇とどりし

積乱雲以来爆音けはしく聴く

航空標識燈の梢《うれ》に中《あた》りて織女輝《て》る

航空標識燈光織女圏に入る

織女星に人の操つる電光《ひ》がとどく

扶助料といふ紙幣得ぬ百合買はな

血に痴《し》る蚊痴れしめ嫁を憎しみゐ

薔薇白し処女の倫理の昨《き》日《ぞ》の栄

蠅に鼻鼾なぶらせ心怒ってゐる

風鈴に相黙し「時」純粋なり

月を見る娘《こ》を托すべき男欲り

今宵今年のつづれさせ虫啼き出づる

つづれさせ虫今孜々とつづれさす

虫の音をつづれさせなど聴きしは誰ぞ

虫にすらつづれさせし祖《おや》遠し

つづれさせ貧しき歴史負ひて啼く

民族悲劇吾と虫にもつづれさせ

今日より吾《あ》「つづれすてろ」と蟲啼かしむ

断つべきの愛情は絶つ利《と》鎌《がま》月

女人商〔ママ〕邁渇きに克ちて夏を鎖す

どくだみに匂はれてゐて世を拗ねる

痢を病むや少女となりて髪を下げ

颱風を衝《つ》きも衝《つ》きしや来《き》も来しや

喬林にかこまれ蟬にみなぎらるる

曼珠沙華ほろびるものの美を美とし

田中氏の卒業に

純白の初蟬にして快翔す

昭和二十六年

病床にて（四句）

黄沙来と涸れし乳房が血をそそる

青春を斉すに似る黄沙が降る

雨重し新樹のかさをかぶり寝て

一掬の新樹の翳を掌握す

絶筆

ペンが生む字句が悲しと蛾が挑《いど》む

蛾の眼すら羞ぢらふばかり書《ふみ》を書く

「颯」の後記

◎私は過去に於て二回まで句集発刊の機に触れて居乍ら終に今日迄実現するに至っていない。最初の計画は昭和四年で、虚子先生を始め数多の序文を頂いたにもかかわらず故障続出にて中絶。次に、昭和九年素人社の金児杜鵑花氏よりの相談を受けし時も謝絶してしまって、従って今回のが処女句集となったわけである。

◎句は大正九年より昭和十四年迄を作句年月順に排列した。総句数三百三十五句。

◎私の句の有つ二つの相反する性格の中、此集中の句の性格は客観的平明な句を主として選出し、恩師高浜虚子先生の嘗て御評言にありしが如き佶屈聱牙《きつくつごうが》な句は殆ど省いてある。

◎芸術に進歩はない。あるのは変遷ばかりである。というのが私の主張である。初期句作時代の大正九年の作品を比較的多く、敢えて収録した所以である。

◎私は近き中に、この集に割愛した他の多くの句を更に新しく集めて見たいと欲している。

◎本句集に係る一切の事務を引受けて呉れた娘の淳子にお礼を述べておく。

（昭和十五年七月六日記）

大御朝日初日をしぬぐ二日かな

俳論

自句自解

いかなる芸術でも、其時代々の時代相を背景として現れて来ないものはありますまい。秀れた詩聖優れた哲人、皆時代の産物であります。

一個の俳句を見るとしても必ず其の時代の世相を詳かに知っての上の解釈でなくては嘘だと思います。

ということを前提として、私は私の「短夜や」の句を自解したいと思います（自分の句を自解するのは頗《すこぶ》る片腹痛いことだと思います。が然し自分の現わさんとした境地は自分が一番よく知ってる筈ですから敢て書いてみます）。批評家は何と評しようとも、読者は何と感じようともそれは私の与り知らないことで、私は只私の現わさんとした条件の説明だけして見たいつもりです。

短夜や乳ぜり泣く児を可須捨焉乎

先ず、此句を解するには現代の婦人を知らねばなりません。此句に現れてる婦人は上流の貴婦人若くば物質上の豊富な一部（資産階級）の婦人ではありません。勿論下流の無自覚な無知な女でもありません。仮りに其等の女達とすると此句はヒステリックな色彩を帯びたツマラない句になります。即ち此句に現われてる女は、現今の過渡期に半ば自覚し半ば旧習慣に捕えられて精神的にも肉体的にも物質的にも非常なる困惑を感ぜしめられ懊悩《おうのう》せしめられている中流の婦人の或瞬間的の叫び＝（心の）であります。彼の日本でも、平塚女史、晶子女史、若くば山川女史などが原稿紙何十枚と書いて論じ立てゝいる婦人論の肯綮《こうけい》にも触れているようなシーンと思います。今の中流社会の母となる人の重荷がどんなに過重なことでしょう。卑近に例をとっても、三度の食事、室内外の掃除、洗濯。外で働いて来る主人にも慰安を与えたし。児供も教育したし、自分の修養もしたし、曰く何、曰く何と体が三つも四つもあっても及ばないほどの仕事をかゝえて女中難で雇人もなし、体も心も綿の如く疲れて眠っている短夜の最中を乳不足の児は乳を強要して泣く。眠さは眠し半ば無意識に自分の乳房をあてがった。然し出ない乳は児の癇癪《かんしゃく》を募らせるばかり。火のつくように泣く。

「エッ。ウルサイ。」

と、はじめて正気に眼覚めて見ると、其処には可愛いゝ児が泣いている。ヤレヤレお乳が飲みたくなったのか、もうそんな時間かと、疲れた体を起して哺乳の支度にとりかゝってやる。何というみじめなことでしょう。神様が女に児を愛する本能を下さ〔ら〕なかった方が女のためには或は幸福かもしれません。

此の「エッ。ウルサイ。」

という瞬間の表現が此句です。

最後に叙法の「可須捨焉乎」ですが、これは仮名で「すてつちまをか。」とかいても句の価値には増減はないのです。只私は漢文を平気で書く癖があって此場合にも何の顧慮もなくかいたので、寧《むし》ろ、すてつちまをかと、いう口語を思いきって使った方が自分に問題としていました。只、口語詩などがあるから俳句だっても最も現代的な語で表わして意の迫ったところを表してもよいのだろうと断行したのです。

（九・一一・一九）

かな女・久女・みどり女・あふひ・せん女・淡路女・三巴女諸氏

現代俳壇転形期の最も著しい傾向の一つに評論の抬頭がある。元来「作家即鑑賞家」という稀有の特徴を有する俳句界には当然優秀なる評論家を輩出せしめざる可らずして而も真の評論家を一人も有しなかった。俳壇一人の長谷川如是閑なく水上瀧太郎なく正宗白鳥すらも居なかった。尤も、如斯俳壇評論家饑饉の理由には当然な原因を有って居た事は居たのである。即ちこの国の国民性の抒情的逃避的冥想的方面を最も特徴づけたのが俳句であり、加之、国語が、綜合的で形象的でどこまでも非理論的に出来上った文章しか有たぬ「言あげせぬ国」の詩人中就中《なかんずく》殊に暗示と象徴とを尚《たっと》び理智を抑圧し孤独を愛すべく教育拘束せられた俳人国に、理論や評論の生れざる、何等不思議とする余地のあるべきではない。

しかし、最近西欧文学、殊に理論を以て世界を風靡《ふうび》したソビエート文学理論、及び文章の理路整然たる事世界に冠たるの称あるフランス文学等の影響を多大に反映して起った青年インテリ俳人層中異彩ある評論家の輩出を見るに至ったのは、勿論、時代相とはいえ、注目に値する現象ではある。

今や俳壇にも彼の谷川徹三を、蔵原惟人を、小林秀雄を幾人でも有っている。即ち、アカデミックな山口誓子を筆頭として、日野草城・水原秋櫻子等、殊に作家に非ずして評論を権威〔と〕する大森義太郎の湊楊一郎すらも出現という多彩さである。斯くて俳壇興味の中心が之等青壮評論家達がこの混迷する現代俳壇の理論を今後果して何処へ行かしむるかにかゝって来た。極言すれば俳壇人の神経は昨日の作品鑑賞時代より漸く理論批判時代へと移行しつゝあるの観を呈し来ったと言うべきである。さて、如斯絢爛たる評論期に入り乍《なが》ら、女流俳人中未だ一人の板垣直子すらも出さぬのは寂しい事である。

新鮮で独創的でドッしりした婦人評論家を翹望《ぎょうぼう》する。そして、彼等ヴァレリーを担ぎまわし、キルポーチンを、ニコルソンを、シャーマンを振りまわし、頭と手とで捏ね上ぐる一部文献家式理論家に対し真に生きた自分の血の躍動する心臓で書いた女の評論を対立する必要がある。

以上の「はしがき」に依て私は私に課せられた命題の一つである「傾向を論ずる」という項は、極めて稀薄性を帯びて来る事となる、という代弁となして、さて本文に筆を進める。

長谷川かな女氏

羽子板の重きがうれし突かで立つ

私が氏の存在をハッキリと認識した最初の作品である。氏は現代女流俳人最古の人で、実に氏の作品には大正昭和の俳諧史の月日が流れているといっていい。その揺籃《ゆりかご》の故郷ホトトギス

の指導原理の写生創唱を受けては、

戸を摶って落ちし簾や初嵐

傘さゝぬまだ人通り春の雨

子雀に楓の花の降る日かな

等優雅な客観写生の句を有ち、又、

ほとゝぎす女はものゝ文秘めて

星合や歌のほかなる思ひ事

と老巧な主観写生の作品を作《な》している。夫君零余子氏の感覚的の影響を映しては、

汐あげて淋しくなりぬ澪標《みをつくし》

願ひごとなくて手古奈の秋淋し

燈籠に母おもふことしげしげと

母恋しければ落葉をかむり掃く

等情緒豊かな句が数うるに遑《いとま》ない。そして、之等のどの作品をとり出して見ても、其中を流るる一脈の寂寥なる作者の体臭を感ぜずには措かぬであろう。作品は如何なる場合にも作者の性格の反映である。氏は現代女流俳壇唯一のジャーナリスチックな存在をなす点、有名古今に冠する元禄の加賀千代女と称してよかろう。千代女の作品価値が其名声に反比例するという論多き点、氏の作品は立派な芸術品である。等しくホトトギスの写生文より出発して輝かしい文壇

的存在を誇る野上彌生子氏が明徹な理智的女性であるのに対照し、氏の対人的女性の魂は好対照をなす。

次に、最も最近のこの二三年来の、俳壇変遷を氏がいかに体感せらる丶かの考察に向って筆を移す。

元来、時代は其一つの常識として、常に前時代を拒否し伝統に対し敵意ある偏見と疑念とを刺激せんとする反逆を有つものである。「戦いには変化がないが戦う者は常に新しい」といわる丶如く、現俳壇も明に新旧争闘の帳《とばり》を切って落した。「否定は常に一つの魔力」という谷川徹三のすばらしい言の如く、新興陣の伝統否定の魅力は数多の青年を示唆して到る処に喧々《けんけん》囂々《ごうごう》を極めている。彼等中には自己が新しいと称するのみでは不足で、更に他が新しくないと称する事が必要であるかの如く痛論する者も多い。此渦中に立ってかな女氏は其沈静なる意志と明透なる智性と純正なる感情とを以て、よく、新興陣への批判をして居ると思う。偏見なき精神に至高の価値が存するという言に誤りないとすれば、氏の中正なる態度こそは、女流大衆指導の立場に於て好適である。吾等は無自覚な伝統墨守《ぼくしゅ》に頑迷することなく而も伝統の遺産中より自己の財産に適するものは賢明に摂取し、時代の示唆する新鮮なる性格は勇敢に甘受する叡智を有つことが肝要である。

春月にコックのあそぶ坂くらく

桑園に神学教師家を建てぬ

明治大正すぎし鳥追笠深く
乳房吸ひ垂るゝ子つれてお茶を摘む
あこが淵椿をためて居たりけり

最近の氏の業績に見る自由さを見免《のが》してはならぬ。但、氏の理論に於て慊《あきた》らぬと感じた事は水明誌八月号前衛座談会上に於ける「季」の問題に関する指導性の欠如である。この、伝統と新興とを分つ一つ重要な分水嶺をなす「季」の問題についての確乎たる信念こそは俳壇人の苟《いやしく》も曖昧を許さぬものである。私は季に関する持論としては「季を解決するには季に徹して見よ」という者である。季に徹するには季を克服する外はない。具体的に要約すると、苟も俳句する者は先ず入門第一歩より、俳句と死別する迄、一日も怠らず「各自の体験に基礎づけて創造せる自己の歳事記を自ら創制せよ」と断言する者である。自然を愛する詩即俳句だなどと揚言する癖に他人の製作せる歳事記あてに俳句せよなどと、凡そ、世にこれ程虫のいゝ、これ程横着な、これ程狡猾な芸術家というはあるまい。俳句のマンネリズム化、生活遊離禍、反時代化、季題の地理的変転性、之等の救わるゝ道は一にこゝに通ずると思う。俳人は皆自己の歳事記を有つべきだ。「一般的の思想、誰も使用しないのでそう呼ばるゝ」。旨い言葉である。

　自己の生命をかけて「創造する歳事記」に喰み出して、どうしても、たすからぬものに遭遇した時は、敢然と無季の手に委ぬるも可。芭蕉の「無季、止むを得ざる」との言もこの間の消息と解すべきであろう。尚、季を「さしみのつま」等と称する俗論家もある。が借問《しゃもん》す、刺身という日本独特の芸術料理に於て「つま」がいかに重要な要素であるかを考えて見た事があるかと。一摘のつまよく天地を象徴し、刺身一皿を、否食膳全部の料理を活殺する程の力を有つのである。季を愛すべく、季を駆使すべく、季の囚人となる勿れと氏は何故に大きい声で呼ばれざるやと思う。

尚俳句に於ける季の本質論に関しては、私は、近時文壇の一隅で抬頭した、石原純・森山啓・中河與一氏等の論争の主題である偶然論に多分の興味を示唆せらるゝものがある。この偶然論こそは文壇よりも寧ろ俳壇の方にこそ早く提示せられて居てよいところの論材であった筈だと感じる事である。（これは、又、他日書いて見る事として省く）

空濠にひゞきて椎の降りにけり

そうびの香ある春火桶一つのみ

莟櫻風雨の外の枝もちし

氏のこんな佳品こそは「季」問題の所謂教科書的模範句であって、敬服すべきであるが

航海は春めく人に安かれと

こんなのが、氏の如き指導的立場にある人の近業として発表せらるゝとなると、得たりとばかり無季論者の鋒先にあげらるゝであろう。

茶摘女の笠もかむらず子を連れし

以下本誌七月号所載の、氏の花柚郷四十六章は連作風のものであるが、かゝる、ジイドの所

謂、枝の多い荷物は今日尚未だ婦人の手では処理せられた好例がない。私は、彼の所謂連作理論の下に構成せられたと称する連作作句にすら成功せるものと思わる丶ものは、そう、数はないと思う。「最も芸術的なものは小刻みに跳躍しつ丶……自己の思想を細かく砕く事だ」と言った人がいるそうで、連作理論の一つの胚胎が或は這辺にもあるかとも思われぬこともないではないが、然し、兎も角も、氏の花柚郷は要するに一輪の花に如かぬ花束だと思う。最後に、氏の最近の作品が、昔日の寂寥的より著しく潤達な風格に変転した事を観取せらる丶事を附記す。尚氏の随筆は正に俳壇女流中の一異彩である。

杉田久女氏

花衣脱ぐやまつはる紐いろ〳〵

この妖艶な姿態美をうたって俳壇にデビューした氏は、此種の作品では俳壇独自な存在である。

鬢掻くや春眠さめし眉重く
うそ寒や黒髪へりて枕ぐせ
夏痩や頬も色どらす束ね髪
下りたちて天の川原に櫛梳り
濃龍胆ひたせる水に櫛梳り

芥子蒔くや風にかはきし洗髪
髪容《かみかたち》の句だけでも際限なく抽出せらる、。

氏も亦かな女・せん女氏等と共に、ホトトギスが育てた現代有数の古参俳人で、其のアカデミックな点、凛とした遒勁《しゆうけい》な句風は、元禄天明を通じて唯一のインテリ作家星布女に通い、恵まれた想像力典麗な表現技巧は作家宇野千代を思わしめ、男性をしのぐ偉才は額田女王にも肖《に》る。

逍遥や垣夕顔の咲くころに
いまぐろ〔ママ〕に爪そめちぎる恋稚し
常《とこ》夏の碧き潮浴び吾が育つ
露草や飯噴くまでの門歩き
雉子なくや宇佐の盤境禰宜独り

等、その代表的作品である。

氏は、二タ言目には自称プロ作家をふりまわさるる。氏の筆になる俳文随筆中にも随処にこのことは発見されるが、然し、氏がプロ作家を標榜するにも拘らず其作品にプロ的逸品が尠《すくな》いのは皮肉である。

寒風に葱ひくわれに絃歌やめ
足袋つぐやノラともならず教師妻

が秀句であるとしても、プロの真個のプロとは凡そ距離が遠い。私は、氏は、やはり吾々と等しい中間インテリ層の悩みを体験する時代の最もキリスト的な一員だと思う。第二義的な生活者からは決して第一義的なものは生れぬという誰かの名言を思う事である。其点に較ぶれば、

　群衆も熔炉の旗もかき時雨れ

　上っ瀬の歌劇明りや河鹿きく

　欄涼し熔炉明りの彼の樹空

　襟巻の銀狐はかなし手をたるゝ

等の近代的写生句は他人の追随をゆるさぬうまさがある。

最近の氏の作品が、

　母恋しつくりためたる押絵雛

　旅住の淋しき娘かな雛祭

等の感傷的なもの、及び、

　花過ぎし斑鳩みちの草刈女

の如き平淡なるもの等への移行は、かな女氏の変転とは正に反対で、興味ある現象というべきである。

最後に氏の文章は俳句のユニークな存在と相対して、亦、女流を圧している。昭和二年七月号ホトトギスに掲げられた「大正昭和の女流俳人に就て」の一文は其文体の遒勁なる、論旨の

周到なる、文献の豊富なる感服に値するものである。只、惜むらくはさばかり忠実なる文献の出所につき一筆の断り書を忘れたる点であった。

要するに久女氏こそは大正昭和が持つ女流俳人の星座大熊座の第一車輪を光栄すべき者である。

阿部みどり女氏

たんたんと深雪の畑となりにけり
雪の畑鶯色に暮れにけり
強東風によしずたほれし茶店あり

こんな写生句がホトトギス雑詠に散見することによって私は氏を捕えた。氏の作品は微塵もあぶなげがない。作品の性格は感情的よりも理智的よさがある。其生活に根底をおいたリアリスチックな、又、身辺私小説的な句風は、犇々《ひしひし》と女の心をキャッチする迫力を蔵す。

鼻を打つ草の匂ひや蛍待つ
菊咲いて少し落ちつく旅もどり
日向ぼこ何やら心せかれゐる

等好例とす。

方今、生活俳句・機械俳句等々と喧伝する大衆俳人等が何等体験をも有せずして徒に新人の誇る者が多いが、いかに新時代を謳歌するとも、其生年月日の上に明治の二字を冠せらるゝ吾々に、大正昭和を出発点とした若人の真似は出来ない。吾々は自分の踏んで立つ地上をシッカリと見下して俳句する事も一つの肝要なる態度である。みどり女氏の句に新旧を超越したよさがあるのを思うと教えらるゝ事が多い。

最近の氏の業績中、光るもの一二を掲ぐ。

虻の声するばかりなる庭にゐる
敷き馴れし我座布団や春の雨
沈丁や風の吹く日は香を失す

本田あふひ氏

此作家に関しては一寸異った意味で私は一つの興味を抱く。それは私の好きだった島村元氏を愛甥に有つという点が宛《あたか》も、万葉の理智で鳴らした精力歌人坂上郎女と大伴家持との連想を一線上に有つ事によってである。

そういえば郎女が怖いおばさまであった如くあふひ氏も群小男性俳人を断然抑えつけていられる。

しぐるゝや灯待たるゝ能舞台
黴色の日毎にかはる紙袋

コスモスの花なき時に訪ひしま丶
炎天に走る女のありにけり

之等初期の句より、最近の

ががんぼのかなしかなしと夜の障子
啄木の来ぬ日は淋し真綿のし
風車かつぎ出でたり皆廻る

等に至るまで所謂平明の中に掬すべき情趣溢る丶写生句が応接に遑なき程ある。

ホトトギスの虚子師の愛弟子で、其雑詠が断然多く並ぶこと一偉観である。氏の句はうっかり読んだ位では、其よさが分らずに素通りしてしまう位に、謡曲的である。かけ出しの俳人等には到底氏の作の境地は夢想だも出来ぬ位に、其よさを知ることはむつかしい。まるで白い幕を見るように素通りしてしまう怖れのあるのは氏の句の特徴である。氏の俳句のよさが身にしむようになれば、其人はもう大した俳人になったといわれてよい。

金子せん女氏

夕べ人雁かへるぞよ眉を描け

私が、氏を知った最初の句である。

嘗って久女氏は、氏を評して「杉の樹の如くシッカリした応揚な句」と書かれて居た。が作品に現われたせん女氏を私は寧ろ情緒的と見る。

　萩やうやうおどろとなりぬ杉の宿
　白萩のこまごまこぼれつくしけり
　柿もぐや枝はねかへす音空に

等のホトトギス初期の作品より、

　神詣でねぎごとあるにあらねども
　しばらくは石蕗咲く宿に籠りけり
　露草の瑠璃よりたちぬ小貝蝶

の円熟期を経、更に、一身上の大変転を受け、

　金魚玉に寄する愁も今はなし
　一とせを籠りつかれし落花かな
　天の川かつて住みたる館思ふ

等に至るまで、女性らしい、寧ろ、女性のよさの情緒深さがあると思う。

果して、最近水明の左の作品にぶつかって私は、いよいよ自分の感想に裏がきされた。

　燭さげて笑ふおばけや薄紅梅
　毛皮よけて座しぬ雛に語るべく
　春暁の湖に化粧す羽白鳥

薫風や軸よりぬけて豆狸

銀座の空の頬紅に似し春の月

之等は杉の如き応揚なる感覚に非ず、一歩を誤れば情緒地獄に墜つる程に情緒的な句風である。かな女氏を扶《たす》くる友愛深きこの老巧作者の健康を祈る。

高橋淡路女氏

「私は第一流の詩人を読む事に於て常に第一流だ」と力んだルナアルがその点で偉いならば「私も第一流の俳人を読む事で常に第一流」と反りかえって見せる。俳句の門に足を入れた第一歩から、私は、常に、第一流の俳人を知っていた。普羅・石鼎・蛇笏等から始って今日まで私の俳句生活中の秘苑にひそかに愛撫する第一流俳人の芳名はそう多くない。其中で女流俳人の名が一人もないのも寂しい。いかに月々の俳句雑誌に沢山の入選句が並んでいようとも、いかに俳壇ジャーナリズムの寵児となって其パトロン的男子俳人等の賞讃を浴せられようとも、私の驕慢な芸術的感覚は、滅多には承服しなかった。その中にあって、ホトトギス雑詠欄の一句どころにポツポツと星のように光る句にたまたま逢着して、いかに嬉しがって居たかは私を知る人がよく知って居て呉れた事であった。

足袋をつぐ事も我なすわざのうち

風鈴に何処へも行かず暮しけり

わづかなる庭にも落葉しそめけり

之等の句の、何等衒学的《げんがくてき》な臭気もなく、世にも女らしい女の句として、淡路女の名を記憶している。最近、雲母の中で光っているのも嬉しい存在である。此作者は私は全然白紙であって作品の性格より外には何も分らぬ。

白牡丹さやけき珠のつぼみかな

散り牡丹どうと萠れしごとくなり

走馬燈こころ嬉しく人と在り

風だちて花悩ましき牡丹かな

等純情なる自然愛撫の作品を有つ点好ましき作者である。

神野三巴女氏

婦人俳人養成家故長谷川零余子氏の数多き愛弟子中の秘蔵弟子たりし氏は、零余子氏没後はかな女氏を扶けてせん女氏と共に水明女流陣の一総督を承わって活躍していらるゝ。

春着出して一と間ざわめき姉妹

病みけるや張り交ぜ屏風うち囲ひ

我顔の寒水にあるグラスかな

警笛の霜夜に遠く子の帰る

風邪の子に煙草やめよと手を支ゆ

之等の最近の句によって、最も家庭婦人らしき作者を思わしむ。

或新興俳句論者に「疑え！　疑うところから進歩が生ず。懐疑は智慧の始め！」ということを言った人がある。此人は不幸にしてこの名言の後章を忘れてしまった。曰く「智慧の始まるところ、芸術は終る。」三巴女氏の如き季題と十七字のよき伝統に陶酔する作家は羨まれていい。

「文学という理想を捕える事は、一寸した文学青年の感激があれば足る。而し、これに捕えらるゝ事は異常な素質と感受性とが必要だ」というのは、河上徹太郎氏のスマートな言葉だ。俳句だって！　三巴女氏こそ俳句に捕えられた作者の一人といわれるであろう。

（一〇・八・二〇）

学生俳句連盟は存在している

学生の俳句のよさは其純粋さにある。縦令《たとい》、それがどのように稚拙であろうとも生硬であろうとも、あらゆる欠点を補って余りあるものは、此の純粋性である。如何なる大家も如何なる流行児《アトラクタア》も、一度、この学生の純粋さに逢会せんか、必ずや、郷愁を懐かせられないでは措かせられないものがあろう。

そして、この事は、一度学生俳句にして其純情を喪失せんか、もはや学生俳句としての特性を放擲《ほうてき》したと同義となる。私が、この学生の俳句発表機関たる成層圏の純粋性を強調する所以も此処にある。成層圏作家達、必ず、純情なれ！　純情の前には神もなく悪魔もなく、人もない。あるのは正しい自己の芸術のみ。

＊　＊

学生の俳句のよさは其研究的態度の真剣さにある。縦令、それがどのように無謀な作品であろうとも異常な主題であろうとも其研究的態度の真剣さは之を救うに難くない。

勉強をしない学生俳句なんか戦争をしない兵隊と同義である。今在るこの俳句の卓子《たくし》を破壊するも、新しい卓子に新しい価値を録すも真剣な研究の力に俟つの外はない。

研究の前には古典もない新興もない。あるのは自己の逞しい意欲と聡明な批判のみ。

学生俳句の特権は歴史と現代とを自己の創造の好適な土壌となし得る点にある。（嘗ってもこの事は言ったが）

今日を出発点とする学生俳句の前には、今日迄の凡百の俳句は悉く古典である。其、等しく古典であるという点に於て、芭蕉も虚子も、草城も誓子も秋櫻子も、みんな古典である。此の多くの古典の中より自己に好適な土壌を選んで創造の種子を下すことだ。

何人がこの選択を妨ぐる権利を有とう。何人が之を工具とする特権に容喙《ようかい》する力があろう。あるのは知能を予想し、感情を随伴する意志自己のみ。

＊　＊

以上書いた事は私の言いたいと思うこの序言である。私がほんとうに言いたいと思うことはこうである。

俳壇人は自己の後継者であるべき若き学生に対してどこ迄も純情であってほしい。自己の偏見や自己の術策のために彼等学生の純粋性を冒瀆しては大変である。それは独り学生のためのみならず各自自らのために。

そうして此の事は、学生俳句連盟誌成層圏に対して故意に黙殺された中村草田男氏に、特に傾聴を煩《わずら》わしていただきたい。

俳句は環境諷詠詩である

人生に対する高遠な理想を俳句したいと悩むことが幾度かある。社会に対する複雑深遠な思想を十七字詩に盛られないものかと苦しみもする。然し未だ、嘗て一句も成功したことがない。然し私は一生この願望を捨つることのあるまいということを断言する。この理想への到達手段方法として、俳句は環境諷詠詩であるという方法論的標識を樹立する。

先哲或は閑寂を旨とし、まことを標とし、又花鳥諷詠を旗幟とし、新しくは生活諷詠をモットーとす。是等も等しくは彼の重大なる理念達成への道に外なるまい。

環境諷詠を最適の器とし、この俳句を理念する事に依て、彼の遠大な理想到達を確信し、おのがじし、枯淡にも優艶にも、豪放にも繊細にも、戦争も学園も、諦観して自若として、悠容と身を持することが得らるゝであろう。

不安を糧とせよ

懐疑は進歩の母という。然しこれは真理であるか否か一寸疑わしい。懐疑は何者をも与えはしないとさえ反言せられるから。然し俳句作家の中で〝不安〟を喰べない者が居たら、その俳人はもうおしまいだ。不安〔こ〕そは進歩の鍵である。世の俳句作家にして、選者の選に入ったからと云って安心して居られる者が居るとしたらそれは哀むべき幸福人である。

不安の禽となってさえおれば、其の作家は常に若く常に亡びることはない。

新蝶古雁

一

その芸術に於て秀れた伝統、偉大なる先蹤《せんしよう》を有って居るという事が、其芸術に携って居る人々にとって如何に光栄であり誇示であり、そうして優れた営養であるかという事は、それ等の光彩陸離《りくり》たる作品と秀頴高雅《しゆうえいこうが》な人格とが、後より来る者達に対して寄与する「影響」の甚大なる事実と共に歴史の明白に、之を語っているところである。

俳句に於ても吾々は数々の卓越したる先輩と秀抜なる作品との甚大なる影響を拒否する事は不可能である。

吾々は、吾々の秀れたる先人達が

「各々の対象との見事な血族関係が自然全体との実に完全な調和を齎《もたら》して、処や時や季節の移り変りやは私の内臭に作用した」

と感動的に語ったゲーテにも況《ま》して、鋭敏にも自然の体臭を感得し「季」を俳句の骨格とも重要視した其感覚の影響を何故に無視しなればならぬ理由があろう。

それどころではない。

金庫の中に死蔵されて居る守銭奴の金貨にも等しいと言われるような吾々の教養や記憶による諸種の知識を、活用させる鍵こそはこの「影響」という内面的認識であるとすれば、私が、いま、この影響に関する数頁を諸君に呈することも故なき事でないに相違あるまい。

尤も、鍵は何物をも創造しては呉れない。眠れる物を醒して呉れるのが鍵である如く、影響も亦創造の鍵でしかあり得ないのである。然し、偉大なる精神は一種の貪慾さを以て影響を求めるとさえ言われている。

若し、それ等の影響を怖れたり、又、避けようとする者があったら、それは実に、「自らの魂の貧弱さを暗黙の裡に告白している」ものと言われても仕方はない。

「ヘルデルがまさに私に教えたいと思ったものはすべて貪り食った」（ゲーテ）という位な逞しい意欲を以て其等の影響を営養として摂取すべきである。若し、それ、影響によって失われるような個性であったら、犬に喰わしてしまっても吝《お》しむに足らぬ個性であろう。石ころでもパンに変えて了う程に強靭な個性を以て、秀抜な影響を選択しなければならぬ事を強調したい。

然るに、芸術家が必然的に個性的であろうとするために、自己が凡衆に相似することを忌避し、何か特異な特質を世に誇示せんと念ずるようになり、この特質を非常に重大視せしめんがためには、何物をも敢て犠牲にして之を誇示しなければならぬように思う者が現われて来るものである。彼の、強いて「季」を抛擲し「定型」を火葬にした自由律俳句の創唱者は即ちこの一例である。

勿論、この自由律俳句の創唱者が、その世代の文芸及社会思想、並に、殊に西欧文学の影響を敏捷《びんしょう》に摂食して自己の個性を強靭に発揮したについては、私にも一応は同感出来る節がないでもない。現に、私も、嘗って、俳句入門の劈頭《へきとう》に於て、俳句の「季」と「定型」との膠着に関する認識を疑い、之が解答を当時の指導者吉岡禅寺洞師に求めて、之を得る事能わず、小川素風郎氏の慫慂《しょうよう》により始めて接し得た井泉水氏の理論に対する若き詩魂の躍動を、二十年に垂《なんな》んとする今日に於ても、尚想起し得らるゝ位であるから。

然し如何に多くの真摯性が時機尚早の断定によって損われて来ていることか、と言う詩人の言葉そのまゝに此の自由律俳句の提唱も、其理論のすばらしさに反比例せる作品の不当なる未熟さのため、吾々に影響するところ甚大でなかった事も亦、事実である。

今や、所謂、新興俳句陣の人々により嘗て自由律俳句創唱者が抛擲したる如く「季」の抛擲せらるゝあり。

ついで、最近に至って、再び、自由律俳句創始者が嘗って破棄せる如く「定型破棄」を実行し来れる現象があらわれ出して来た。もはや、之等、所謂、新興俳人の行動は、昨日の無季俳句容認論者ではない。彼は曩日の自由律俳句の後継者である事は事実上否定せられ得ない現実である。

此の時にあたり、この俳壇の混迷と不安の過渡期の中に、新しく俳句を究めんとする若き作家達が、果して如何なる影響を、この混乱の過中に求め撰択せんとせらるゝやは、私の大に関心せざるを得ざる重要事となって来た。

私は、ここで、結論をハッキリと書いておく。

吾々は吾々の現在有っているこの俳句を愛する事切なるが故に、吾々の俳句をしっかり守らねばならぬ。たとい吾々の詩性がこの十七音韻の俳句に盛るべく溢れようとする事が度々生じようとも、吾々は楽しんでこの束縛に屈従するの喜びを失ってはならぬ。又、季の問題にしても、悪いのは季をマンネリズム化した平俗俳人の罪であって「季」そのものは赫々として依然、俳句の骨格の椅子を奪われることはない。――

　吾々が実際句作の態度として、この「季」を他人の概念や古人の観念より一旦解放し、普通の詩語に還元して、改めて自己の「季」としての季語として活用するの要諦を忘れさえしなければ。――

俳句を愛し俳句を尊ぶことを知る者こそは、この楽しい苦難に勇敢に身を曝すべきである。

若し、それ、現在のこの俳句を

「劣悪なる詩人のみが陳腐なる形式に彼等の抒情の虚弱さの保護と支柱と仮面とを求める」

ようなものと軽蔑する者であるならば、宜しく、宗鑑が俳諧を捨て「発句」を始創せる如く。子規が在来の発句を土足にかけて潔く「俳句」を主唱せる故智に倣ってこの俳句より脱皮して新しき名称の詩を創制するがいい――（このことは、後日稿を改めて詳論することとす）――。

さもなくて、徒に、俳句の名称を冒して、彼の自由律俳句の如き作品を模倣する事は、俳人の恥辱である。吾々は、もしも、吾々に、詩と韻文とは絶対に同義語ではないという様な時代が招来せらるゝ事があるとしたら。

　そして、又、吾々の時代が極度に変転して吾々の詩的感情が過剰になり、現在の国語の貧窮がその詩情に決して堪え得ざるような時が来たとしたら。

　なお、そして、又、もしも、いかなる形式の伝統をも継承する事のない大天才詩人が、現代の最も尖鋭な、そして芳醇な熱情と、強烈豊麗な感情とを継承し、自由自在な造形性を有ち、韻文的な散文で、而も、最も詩的な律動的な、生々とした感覚を盛るにふさわしい言葉を発見して呉れる時が来たとしたら。

　あゝ！　その時こそ、ジイドの言葉そのまゝに、この俳句に、キッパリと止めを刺して俳句と共に亡びてしまおう。

　かのように燃えるような熱と愛情の持ち主だけがこの現時の混迷期の俳句をほんとうの俳句として確保する事の可能な人々である。

繰り返して今一度言う。求める途は次の二途中の一途である。

現代の俳句を俳句本来の詩型として守る受難の道士となるか、若しくば、現代の俳句を土足にかけて新しき詩を始創する大天才家となるか。

　曖昧な、俳句に似し如きものを俳句と認識せしむべく強要するが如きは、一種の卑怯者といわれても仕方はあるまい。末稍的な「有季」「無季」の論争は要するに末技でしかない。

最後に、最も重要なる一事は、前述の二途何れの途を撰ぶにしろ、この稿の冒頭にも書いた如く、秀れた伝統偉大なる先蹤の秀抜なる作品中に其影響を探求して、自己の創造の糧とすべき事である。

現代の若き作句志望家達に、最も欠如するものは、この探究研鑽の疎かなる事である。若き作家達が現在有ち又、将来より多く有つであろうところの現代文化文芸——殊に、西欧文学と日本文学との緊密な融合——は、この事の研鑽によって一入輝かしい成果を、諸君の作品の上に齎さずには措かないであろう事は疑ない。

二

前章の序説に亜《つ》ぎ、本章に於ては私の理念する「ほんとうの俳句」とはいかなる概貌を有する俳句なるかの説述を果さなければならぬ。

由来、吾々は「ほんとうのもの」と称するものを有つ権利を神から賦与せられて居ない。

人生、真とは死あるのみと言う。而も、唯心論者の中に之を否定する者すら存す。観念論者の一つの陥穽《かんせい》といえよう。吾々は纔《わずか》に、真にほんとうのものの批判者「永遠」——即ち時——を有つ事のみを唯一の光栄とするに止らなければならぬ。

俳句を歴史的観点より考察し「時」の批判に一権威を委ねんとする所以である。

惟《おも》うに、世界に存する、およそ詩という詩にありて、その外的形式・内的形式千差万別あるが中にも、「季」を詩の骨格として発達せる俳句の如き特異なる個性を有する詩は絶無な存在である。単に、世界に絶無なるのみならず、日本古今の文学中に於ても独特の光彩を放っている。この光彩をしていよいよ光彩あらしむべく社会性格を与え文学的生命を賦し、以て、之を後世の歴史に継続せしむる運動に参加する光栄こそ、現代俳人に課せられたる苦役と及び責任とである。

吾々は、西欧の十四行詩にも、和歌にも、川柳にも、漢詩にも、長歌にも、「季」を鉄則とすることなく、独り、吾が俳句にのみこれある故にこそ「季」をいとおしむのである。吾々にありての季は決して単なる「物」ではないのである。季とは自然そのものであり、且つ、吾々俳人に於ては人生の象徴ですらある場合がある。

よし、「俳句は季が方法の文学である」（湊楊一郎氏）と論ずるものありとするも、俳句が季を無視する事を肯定した者ではない。

かく、俳句の外的形式に関する限り、如何に批判・検討・懐疑とあらゆる知性を総動員しても結局、伝統に抗しては存在し得ないものである。強いて抗すれば俳句はもろくも破れてしまう外はない。試に、現俳壇に混迷錯綜する新旧俳句の種々相を一瞥するがいい。蓋《けだ》し、思い半ばに過ぐるものあるを信ず。（七頁〔八〇頁〕の表参照のこと）

以上、現時俳壇の俳句外的形式のあらゆる分野に亘りての歴史的発生系路を示したものである。就中自由律派は井泉水氏が俳句と呼称せらるゝ、にも拘らず、吾々は之を俳句とは別個な新短詩と観じている。但此派の卓抜なる理論が「詩」を時代性に適応せしめ新時代の文学性を贏《か》ち得て知識人大衆に魅力を興えし事は既に前章に於て仄筆《そくひつ》しておいた。

此の道が吾々の俳句が到底時代の複雑性を負うに得堪えざる運命に到達したと考うる者の必然行くべき到着点であるか否かは俄に断定し難きも、兎に角、伝統の俳句に敗北せる人の進みたる更生の一途である事だけは異論の余地がない。私は、この短律の健康なる発達と卓抜なるポエジーの誇示とに、他郷より遙に愷《たの》しい祝福と嘱望とを贈るに吝《やぶさ》かならぬことだけは明言する者である。

前章序説に於て、吾々の進むべき道が二途あるのみと論じておいた如く、この自由律の門に降る事を潔しとせざる限りは、吾々は決して伝統発句の羈絆《きはん》を離るる事は不可能である。

この事は、彼の自由律の提唱にかゝる西欧的文学理論の示唆と影響とを直接間接にして、従来の俳句（イ）（ロ）（ハ）等の所謂伝統俳句より変転した所謂新興俳句陣の現在の混迷と転帰との状態が雄弁に之を語っている。即ち当初、無季俳句認容論に出発し、反抗のための反抗の如き態度に出でし新興が、中途終に「季を焚刑に処し」「俳句十七字詩」のスローガンを掲げ、三度豹変して、現在、基準律提唱と化している。如斯朝変暮改的の混迷が僅々十年を出でざる「時」の批判に制せられざる可からざりし事は、時代の影響もさる事乍ら、神が如何に吾々にほんとうのものを賦与し吝むかの一好例である。

私は、新興俳句が無季容認論者であり、基準律論者である限り、之を、伝統発句の権威下に

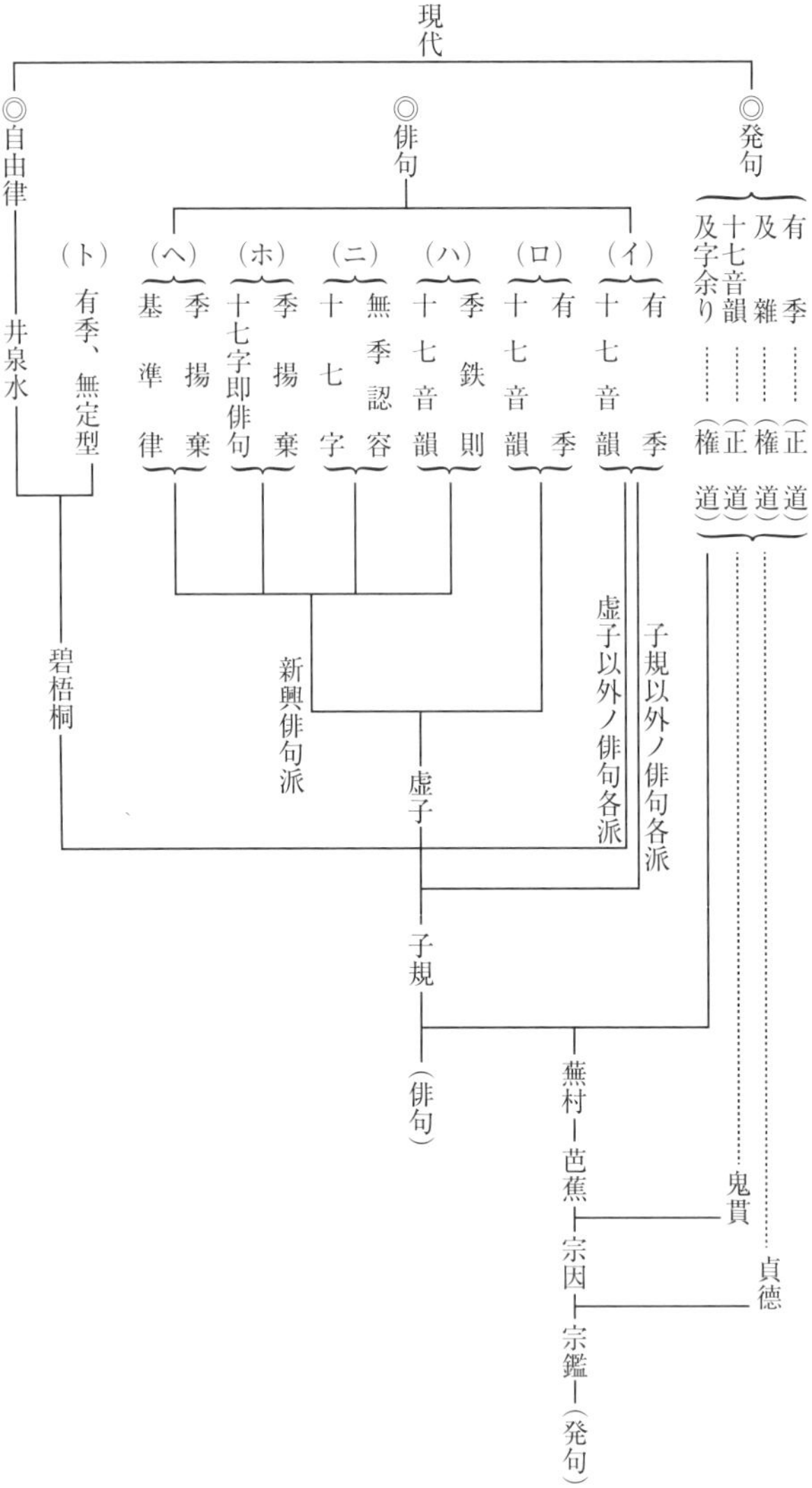
現代
◎発句
有季……（正道）
及雑……（権道）
十七音韻……（正道）
及字余り……（権道）
◎俳句
（イ）有季 十七音韻
（ロ）有季 十七音韻
（ハ）季鉄則 十七音韻
（ニ）無季認容 十七字
（ホ）季揚棄 十七字即俳句
（ヘ）季揚棄 基準律
（ト）有季、無定型
◎自由律
井泉水
碧梧桐
新興俳句派
子規以外ノ俳句各派
虚子以外ノ俳句各派
虚子
子規
（俳句）
蕪村
芭蕉
鬼貫
宗因
貞徳
宗鑑
（発句）

敢て措くものであり、又、之が季揚棄論者であり、基準律論者である限り、之を自由律麾下《きか》に措く。

元来、私は、無季俳句を発句の雑句が母胎するものと考えていた。芭蕉も「神祇・釈教・賀・哀傷・無常・述懐・離別・恋・名所等は無季の格ありたきもの」と云い、又、実際無季の句の存在する事も周知の如くである。爾来発句界にては多数の雑句が存在権を確保せられ居て以て現在に及んでいる。（然し、之は、どこまでも権道である。）既に権道として厳然たる存在をなすものに無季俳句認容論提唱は蛇足である。この事は既に夙《つと》に私が説述せし処である。（俳句研究昭和十年十月号及山茶花誌蜚言啼語の拙文）

偖、無季の母胎を発句の雑と考えていた私は基準律の母胎をも等しく発句の字余りと思惟《しい》したい。法律が道徳の最小限度を意味し（エリニック）道徳が便宜の異名という芥川龍之介の皮肉を真面目に解釈して、俳句十七音韻も、俳句の最小極限の詩型を日本人最好適の便宜とするこの音韻に規定せし、吾国民族的歴史的形式であるとすれば、之を破棄して他の音韻に代えて悪いという科学的理論構成が困難である如く、之を他の如何なる音韻に代えてよいとの科学的理論の確立も亦困難である。之も亦、極論すれば、自由律の轍《わだち》を行かざる可からざるべく、十七音韻基準律なれば前記発句の字余りが権道としての既得権を存している。既に、

年々や猿にきせたる猿の面　芭蕉

旅に病んで夢は枯野をかけめぐる　〃

海暮れて鴨の声ほのかに白し　〃
油さし油さしつゝ寝ぬ夜かな　鬼貫
松陰に寝て喰ふ六十余洲かな　一茶
柳散清水涸石処々　蕉村
祇王寺の留守の扉や押せばあく　虚子
天の川の下に天智天皇と虚子と　〃
短夜や乳ぜり啼く児を須可捨焉乎《すてっちまおか》　しづの女
昭和七年十月三日　京都三十三間堂にて
青春の仏のかほに見《まみ》ゆなり　〃

等！　等！　之等の無季・字余り句・破調句の発句及俳句は、歴史的観点に於て俳句の権道としての所在証明が保証せられて居て、この上更に屋上屋を架しての無季認容論、並に、基準律論の要はない。況してや廂《ひさし》を借りて本家を奪う式の季焚刑論等、徒に、混迷と紛乱とを招来するのみである。「はいかいは活物也。時に臨んで其法に背くも亦法とす」と喝破した蕪村の一語あれば充分である。この権道を正道にせんとする此一派の今日の混乱迷路が進まんか自由律に権威せられ、退かんか古典発句に押えられ、加うるに、「十七字詩即俳句」の旗幟すらも川柳詩の誇示に支えられて、全く、立往生の形である。

勿論、日本的なるもの、中に就き最も日本的なるこの世界無比の象徴詩、季節のうたを世界の文学界に誇示し、後世子孫に贈遺するに就ては、季を焚刑する以上の困苦と難憊《ばい》とが前途に横っていよう事には相違あるまい。而も、この困難克服の魅力が吾々を誘惑する。俳人とは、季に時代性を附与する聖戦の士であるとも称すれば称せられよう。芸術の聖戦を苦悩する者の愷《たの》しさは、誰よりも芸術する者の最もよく知るところである。現時、無季俳句のマンネリズムの死骸累々たるこの俳壇に対して、過まれる指導者達は覚醒を要すべきであろう。責任を明かにすべきであろう。

憶うに、日本文学の有つ文学性究明に於て、日本独自の歴史を無視し、徒に外国文学理論にのみ依拠しての批判検討は必ず誤差を生ぜねば止まぬ。それが、いかに秀頴《しゅうえい》な文学理論であろうとも。

俳句が、一世の大天才大野心家山崎宗鑑が自己の属する時代意識を高揚し前時代の大芸術連歌及大芸術家宗祇を拒否して、諧謔簡勁《かいぎやくかんけい》の発句を成して以来、テーゼ・アンチテーゼ・ヂンテーゼの法則を如実に、貞徳の優美をモラルとする宗鑑の止揚。談林宗因の新興朱子学に影響せられての貞門否定。続いて蕉風の大閑寂趣味の大旗を翳しての大是正。及蕪村の芭蕉再認識による豪華版の展開より終に明治文壇所属の子規が、古今未曾有の時代性格異変を反映しての俳句文学確立に至る迄、悠久四世紀を超ゆる長年月の社会批判の上に、常に君臨し来りし発句の外的形式が有つ強靭なる伝統性こそ、真剣に検討のレンズを向け探究のメスを揮って、改めて再認識せざる可らざる対象でなければならぬ。季が俳句を蠹毒《とどく》する害獣ででもあるか、季が俳句を致死せしむる奸賊ででもあるかの如き忽卒《こっそつ》なる「季焚刑論」や「季揚棄論」は尚早である。軽卒である。反抗的である。連歌以来日本民族の血管に営養を摂取し、地球上稀有の豊麗なる季節を光栄するこの国の民族詩として、既に、先人により学的体制を有する「季」を焚刑に処せざれば創作不可能と思惟せんとするに於ては、余りに非力であろう。若し「季を意識しての作句が不純である」とか「自然をあそびする」とか等の理由よりの排撃であるとすれば、無季を意識しての作句にても不純であり得るし、あそびするとも言えぬ事はない。又、海外在住者の俳句作家の季に対する実感が従来の歳時記と矛盾するが故の「季の焚刑」であるとすれば、その本末を過れる児戯に等しい理論を嗤《わら》いたい。其場合焚刑に処せざる可からざるは歳時記そのものであり、自然の季を何人の巨手かよく之を焚刑し得よう。「古来の⑴季ならずとも⑵季に然るべき物あらば撰び用うべし」との去来抄に嗤笑を買われてはならぬ。

⑴季は歳事記の季を意味し、⑵季は自然の季を指示す。頃日現代に季句なしとの放語を聞く。之ぞ季と歳時記とを混淆《こんこう》し、有季無季の末梢論に貴重なる精力と時間とを冗費し、真に季の考察をあやまりし者の刑罰でなくて何であろう。真に季を悟り季を自己の肉臭とし、季と自己との完全なる合致の上に、直観する俳句こそ、あそびも不純も介入を許しはせぬ。季と自己との完全なる合致こそ自然と人生との融合を意味し、自然と人生との緊密結合によりてこそまことの俳句は生れるのである、季は絶対であり歳事記は人為である。季と歳事記との混淆を是正せよ。これは既に十数年前私が叫んだ語であった。

そもそも四百年の過去に於て俳句が無批判に何の悩みもなく、昭和今日―否、子規の明治時代迄、無為に連続して来たと思ったら、非常な認識不足である。俳句は発句の時代から、其、文学的対照に於て、はた、文学方法に於て、どれだけの批判と検討とが行われたかは、かけ出しの俳句青年や文学者の俳句かじり等の夢想だ〔に〕も能わぬところである。今日の、俳人等が束になって行っても叶わぬような、傑れた先人達が、時代の智能をあげての研究論難の業績は俳諧史の紙背に眼を徹せしめざれば会得は不可能である。

談林時代の俳句十七字の危機、碧梧桐時代の難関、井泉水氏の自由律との摩擦、かくても吾等の十七音韻に対する執着を亡すことの不可能さを思うべきであろう。

吾々は、この四百余年の批判の集積である俳句の歴史に、今日の批判を加え、之を後代の歴史の集積への一層となす行為に参加し得ることを光栄と思う。そして、昭和今日、吾々の努力によりて、先蹤の遺贈せる季の骨格に補強工事を施して次代の子孫に盆々光輝ある俳句詩としての贈物とせねばならぬ。

以上で私の理念する正統俳句がいかなる俳句なるかは鮮明せる事と信ず。

かくて、私は、この俳句をして新時代の生命を全うせしむる唯一の責任を俳句の内的形式に負わしむる者である。

反逆も否定も、ポエジー高揚も、ヒューマニズムも、リアリズムも、リリシズムも、さびも、しをりも、まことも諧謔も、この発句伝統の正統俳句の外的形式をかけての上のことである。

そして、この、正統俳句への苦悩の道標こそ、成層圏の作品である。
幸に、吾々は、幾多優れた先賢先蹤の作品を、豊潤に有っている。

魚鼈《べつ》ゐる水を踏まへて水馬　虚子
我の星燃えて居るなり星月夜　〃
蛍火と天なる星と掌をこぼれ　誓子
秋の雲満ち爆音を率かしむる　〃
しぐれふるみちのくに大き仏あり　秋櫻子
高嶺星蚕飼の村は寝しづまり　〃
貧農の汗玉なして夕餉摂る　蛇笏
竈《かまど》火赫つとただ秋風の妻を見る　〃
破れ下駄に花摘み松山中学生　草田男
この日雪一教師をも包み降る　〃

等諸大先生の優秀なる作品の一つ一つは、吾々の今日の一目標である。之を征服し、更に、より秀れたる道標を樹立することこそ吾々の理想である。
私は、次章に於て之等優秀なる先人の樹立せる道標を仰ぎ其の一つ一つに謙虚なる検討のペンを向けつゝ私の理念する「正統俳句」の内的形式の探求を進めたいと思う

三

成層圏読者O氏より「……詩を決定するものは『内容』である。内容あっての形式であるべきであるのに何故に新蝶古雁は形式論のみ終始して荏苒《じんぜん》たるや……」という意味の詰問書を寄せられて、甚だ愉快である。然し、新蝶古雁は決して重要なる内容論を残したまゝ終結を告げては居ない。前章末尾にも記せる如く内容の重要性を如何に痛論すべきであるかは今後の続稿を一読せらるゝ事により了承せらるゝであろう。

元来、俳句とは思想でもなければ感情・感覚でもなく、勿論単なる言葉でもない。俳句とは言葉を以て思想感情感覚を詩として表現する技法そのものが俳句であるに外ならぬ事は改めて言う迄もない。従って古今の俳論がこの俳句技法の論研に尽きるといっても過言に非ざるわけである。五七五定型といい季題というも竟《つい》に之に外ならぬ。芭蕉の「さび」すらも俳句技法の標語と見られないことはなかろう。「寂」とは自然観入の境地に至るモットウに外ならないから。

俳句で真に問題となる内容は「季」である。彼の写実主義といいリアリズム・ロマンチシズム・ヒューマニズムというも俳句に限って、それが純粋な内容対象とは言われない。従って俳句を内的形式外的形式等と分って論ずることは厳しくは無意味であるが、只、新蝶古雁が外的形式よりペンを起したのは現下俳壇に於て最も危急を要する問題が「十七音韻定型」の運命にかゝっている状態であったが故に外ならない。現に中田青馬氏主唱するところの俳句基準律にしてすらも中田氏が躍起となって五七五基準律論を提唱せらるゝにも拘らず氏の論よりは寧ろ定型崩壊の示唆を感ぜしめらるゝものがあるの状態である。勿論、既に度々言う如く、現代の詩が科学的理論を新樹立して新ジャンルを創造せんとする事を何人も拒否するの権利はないが、日本詩の最短詩が五七五十七音韻を適度とし俳句が短律を本質とするという史的現実を基礎としての立論である以上、O氏の言わるゝ如く「内容あっての形式である」という純理論はそっくりそのまゝ俳句の上には通用し難い。俳句は畢竟《ひっきょう》、日日新たなる、且つ複雑化する吾々の人生を十七音韻に克服せんとする苦難である。十七音韻を理念せざる内容主義の作品は仮令其作品がどんな型を以てどんなに秀れていようとも要するに俳句以外の新ジャンルの詩である。この考えは、たとい、それが科学的理論を欠ぐといわれても敢て愧《は》ずべき必要はない。此の十七音韻の問題は寧ろ「季」の問題より以上に俳句の致命点であり、且、季以上に日本的宿命を負うものであると信じている。敢て、内容を論ずるに先んじて形式を屡《る》説《せつ》した所以であった。

　さて、俳句の内容は広義には「人生」そのものであり、俳句作品の価値はその人生をいかに観じ、いかに取扱ったかの形式にてきまる。

　現在、俳句詩観の二大分派たる「風雅詩観」及「生活詩観」の対立は新旧二派の抗争となっているが、然し、前者の自然現象諷詠を一途に生活遊離とのみ攻撃するのは、後者の誤ったヒューマニズム過重視と共に正鵠と称しがたい。風雅といい生活というも要するに俳句の一面のみ。俳句は遍照無碍自由濶達に主義の人生を詠うべきである。それには、誤まられたる「季」に対する認識の是正が最も重大なる意義を有つという事は既に前章に於ても概説しておいたが、この、俳句内容律を主権する「季」に関する私見は今少しく詳述すべきであると考えるから以下愚見を披瀝して見ることとする。

元来、昔は季語・季感という熟語は存在しなかった。古くは「四季のことば」と唱えられしを「季題」という新造語が始めて明治四十年頃出現し更に明治大正唯一の大俳論家大須賀乙字により「季語」という熟語を提示せられつゝいて大正六七年頃より「季感」という詞を俳壇は有つに至ったわけである。勿論乙字の季感なる詞の観念は前記の過程を経て到達したのである故この詞の深い含蓄を象徴せしめた佳語であったのであったが、然るに現在の若き俳壇人の中にはこの「季感」なる詞生成の歴史を知らず、其解釈に大なる飛躍をなして「季感」とは単なる春夏秋冬の四季の概念とのみ解している者が多々ある。現在新興俳人中には「無季語有季感句」等と称する評語を度々駆使し或は「有季語無季感句」等の批言を吐く者をも散見す。之等は季感という詞を単に春夏秋冬の感とのみ早断せる謬見《びゆうけん》である。俳句の前身たる発句が「当季のことばを読む」という教えは即ち近代の写生写実主義の先駆であって畢竟作句法の一種であったと私は考えている。而も、この作句法が伝統をなして季語と発達して来たもので、当季のことばは此に至って単なる春夏秋冬の概念感を指すのではないのである。季物のことばの感じ……即ち季語感……が我々を魅了するのである。必要なるは春の句であるか秋の句であるかではなく「鶯」の句か「雁」の句かである。この間の消息は芭蕉の「あかあかと日はつれなくも秋の風」の句が最初「秋の山」と下五におかれて居たのを後に「秋の風」と推敲した事実、及古池やの句が「山吹や」等々と論議せられしという史実に徴するも肯定せられよう。芭蕉が単に秋という季感にのみ囚われて居し者ならば秋の山を秋の風と訂正せざる可らざる理由はない。而も秋の風とせざる可らざりしは偏にことばの内容及び形式感、即ち季語感の然らしめしに外ならない。この季語感の独自性にこそ俳句の面目はかゝっている。単なる春夏秋冬の季感の有無をあげつらっての新興伝統の騒論は嗤うべきである。嘗《か》つて「しんしんと肺碧きまで海の旅」の句が夏の句だ否秋の感だ季語はないが季感はある等！　等！　喧噪を極めた事があった。之を見て私は如何に季感なることばが過まられて認識せられ〔て〕いるかを痛感させられた。今や、この「季感」なる語は創唱せし乙字に溯りて「季語感」に還元し更にもっともっと溯上して古今の四季のことばまで淵源を尋ね、さて、改めて再認識をなし、象徴と暗示との豊かなる語感の醍醐味を吟味せねばならぬ。

　この季語感の正しい認識者のみが俳句の作者であり評者であり観賞者である。嘗つて、某大家は拙句「受話機もて笑ふ顔見ゆ合歓の窓」を評し！「……合歓の窓は強ち合歓に限らぬ、葵の窓でも百合の窓でも、何でもいいではないか……」という意味の批難を附した。これは季感と季語感とのけじめを知らぬ笑うべき暴論であった。俳句は作者にとりては刹那々々の一瞬に於けるとりがえなき人生記録の詩であるべきで、又、俳句の有つ季語感とは其句に対する独自の内容感と形式感とであるべきで、之を勝手に他のいずれの季語ととりかうるも径庭あらじ等と鈍感な暴言を愧じぬ者は俳人としての尊厳にかゝわろう。この季語感に対する正確なる認識と確乎たる信念とを有する者にして始めて俳句を正しき伝統の上に新しく成長せしめ得る。「季語感」を正当の位相に於て把握してさえ居れば、日本の領土が全地球に漲った暁が来るとも、祖国日本独特の詩俳句をして太陽と共に輝かしめ得るであろう。桜の花が七月に咲こうとも、浴衣が正月に着られようとも、藤と桃と水仙が同時に咲こうとも、浴衣の有つ季語感・藤の有つ季語感に吾々は大して混乱を感ずるを要せぬ。只、季題学者に一つの仕事が増しただけの事である。この事は最も明白なるべき理であるべきに尚季をめぐっての論争の絶えないのは、片意地とゆきがかりの強論の結果であろう。（勿論、其人の人生が季語感を有せぬ内容律に常に直接している者にして純粋なるモチーフより作したる無季俳句を排撃するの要もない。只、俳句は季語感を最も愛する日本人の大衆詩であるということを忘れてさえ居ないならば）

かくて、俳句の内容は其作者の詩観の問題を離れては結局「季語感」を如何に処理したかの問題に帰してしまう。そして此事は要するに、

（イ）季語感を印象的に露出した場合

（ロ）季語感を象徴的に暗示した場合

の二つの場合に分れるであろう。前章摘出の

魚鼈ゐる水を踏まえて水馬　　虚子

我の星燃えてゐるなり星月夜　同

螢火と天なる星と掌をこぼれ　誓子

等は（イ）の場合の優れた作品例である。

かくの如く季語感を印象的ならしめんとするには自然現象と自己とが一枚となって融合した刹那、思想も感激も自然礼讃の一念と凝って珠玉となるのである。

近時この自然讃仰の詩精神を旧時代と見るの論者が往々ある。「自然は吾々にはもはや魅力を失うた」等とまるでオスカワイルドの皮肉そのまゝの言をなし、たまたま彼等が西欧の詩より学びし近代的作詩手法を以て恰も俳句精神にとって代り得た科学的詩精神ででもあるかの如く錯覚して進歩的優越を誇らんとする者がある。「一つの国民にとって詩をつくることを外国より学ぶよりも更に馬鹿げた事を想像することが出来ますか」というたストリンドベルヒが嗤うて居る。手法を学ぶのはよろしい。徒に、精神を――美しい精神を失うの愚をなさぬことだ。西洋の近代詩精神が日本の真の俳句精神より優れているか否かは早急に論断なし難い多くの問題を含んでいる事を考えねばならぬ。

しぐれふるみちのくに大き仏あり　秋櫻子

高嶺星蚕飼の村は寝しづまり　〃

破れ下駄に花踏み松山中学生　草田男

この日雪一教師をも包み降る　〃

竈火赫とたゞ秋風の妻を見る　　蛇笏

等は（ロ）の秀れたる一例である

（最後の蛇笏氏の竈火の句は「秋風の妻」が概念的だという解釈をなす人もあるが、之は「秋風の竈火赫つとたゞ妻を見る」と解すべきであって、恐らくは田園生活を素材とせる作者の気魄が犇々と人を搏つ。パアルバックの大地の主人公夫妻を見る如き素朴な愛情と重厚なペーソースが溢れている。それは、かまびかつとというアリテレーションの有つ力でもあろうか。否、作者の抱く詩観のニュアンスの然らしむるところであろう。

妻よないてあつい味噌汁をこぼすなよ　　あつし

と共に私の愛唱措く能わざる佳章である。）

芭蕉は風雅を俳句精神と観じた。風雅詩観が大自然に同化融合した全没我的解脱境をイデアする限りに於て私は之を正しいと信ずる。此意味に於て「美は非利用」であるという定義を心得てさえいるならば生活詩観をも正しいと信じる。

以上、要するに俳句に於ける「季」の位相を闡する事に於て内容律の問題は解決せらるる。而して、この俳句をして新時代のものとして推進せしむるも旧時代へ後退せしむるも、一つにかゝって、各人の創造の意欲の強弱にある。主我的精神の有無にある。如何に俳句に純粋詩論を適用しようとも、如何に俳句を詩として純化昇華せしめようとも主我的精神創造的意欲を有たぬ俳句は結局国家的にも個人的にも大した価値はない。

四

子規が惰落廃頽せる天保、明治の彼の床屋発句式の低俗なる発句を改革して新しく文学的俳句を唱導せる偉業は我国俳諧史上の一高峰として讃仰せざる可らざる事は今更喋々《ちょうちょう》を要しない。が、然し、子規が改新せる当時の彼の発句は決して真の発句ではなく、当時の惰落せる似而非《えせ》発句に外ならなかったのであったことを忘れてはならぬ。吾々は、この子規が排撃した彼の天保明治の惰落発句の外に醇乎《じゅんこ》として玉の如き光輝燦然《さんぜん》たる立派な発句文学を有っていることを思い起すべきである。

惟《おも》うに、子規が新しく俳句詩を唱導せるのも要は惰落せる発句を真の文学的発句への復活せしめんとした復活運動の一過程に外なるまい。子規は其事業の中道にして不幸病のため若死にしたので、其発句再認識の道標は「蕪村」迄しか遡航《そこう》し得なかったが、彼の偉大なる人格に藉《か》すに健康と天寿とを以てしたならば、必ずや発句生成の本当の故郷宗鑑迄到達して万古不動の俳句再建の根底を固め永久不変の俳句の殿堂を竣工したに疑いあるまい。

惜むらくは、彼の早世にて子規の大業は未完のまゝ遺されてしまった。私をして言わしむれば子規の俳句は恰も借地上に建てられし高層新式建築物の如きものと思う。借地上の建造物は何時かは立退命令を接受せざる可らざる運命にある。現に、今日、已に子規の敷地権には検討のシャベルが打ちこまれている。

俳句は常に縷説する如く発句の始祖山崎宗鑑を研究せずしては解決がつかぬ。勿論、いかなる文芸にても其当時を忘却していては生存し得ず、又其時代を閑却していては存在し得ない。然し、現俳壇はもとより従来の俳壇に於ても、この発句始創時代足利時代程スランプに於かれた時代はなく、又、山崎宗鑑その人々の認識不足の甚だしさということも甚しい。啻《ただ》に俳壇に於けるのみに非で吾国文化史に於て彼の記紀、万葉等の上代文化及び奈良平安朝の諸文学研究が、徳川時代の宣長真淵等の人々を得て、更に明治世代につゞく佐々木信綱以下の文学者達によりて、遺憾なき検討のメスが揮われつくして余蘊《ようん》なきの現状に到達せるに比し、足利文化室町文化がいかにおいてきぼりを喰わせられているかということは反省せられねばならぬ。尤も明治時代以降の文学人の不幸は、数度の外国との戦勝の結果により泰西文物の奔流により之が摂取対応に悩殺せられ、終に、宣長真淵により一大休止符を横えし平安朝以降の自国文芸に真個の研究の目を向くるの遑がなかったことで、従って、前記室町文学以下鎌倉時代徳川時代の文学研究に未墾の分野が生じたのは止むを得ぬ事である。この中で、徳川時代は比較的世代の近接に恵まれてなお理会の分野が広がったが、最も荒涼たる位置におかれたのはこの室町時代といえよう。（この事は子規が蕪村迄溯航して之に止まった事にも関係がある）然し、之等の時代の文学遺産たる宇治拾遺、古事談、今物語、古今著聞集、十訓抄、或は看聞御記等を再検討して、彼の平安文学の如き光彩を照明せしめたら、我等の文学遺産の豊富さは大したもので、この中から俳諧文学の、従って俳句の本質を適撮する事も不可能事ではないのである。

一体、今日、俳壇人の頭脳にある発句創始者山崎宗鑑その人の映像といえば、恐らく「戦乱時代の隠遁的消極人物で、其、発句作品も何等文学的価値なき幼稚なるものに過ぎぬ」というが如き程度のものに過ぎない状態である。元来、政治的歴史家の見た足利時代が甚だ華やかならざる時代として虐待せられたのに禍せられて、小、中学校の教科書的知識しかない大衆者が之を軽視して来たのが従来のこの時代の歴史であったが、真に、文学者の視る足利文化が、いかに沈潜せられた、いかに燻《いぶ》しの利いた、いかに渋い文化であるかという事は利久の茶、相阿弥の能楽、雪舟の絵画、宗祇の連歌、銀閣寺の建築等を考うるだけにても窺《き》知《ち》せらる。

殊に、発句始創の山崎宗鑑を目にして隠棲の消極人と断じるのは無智である。宗鑑が極めて積極的意欲の人であったという事は、当時天下を風靡せる連歌大家宗祇を一蹴して発句体を独立せしめた高邁なる業績が之を実證して厳然としている。世俗、宗鑑の発句として人口に躍る

月に柄をさしたらばよきうちわかな

を目して低俗な幼稚な作として笑殺しているが、私をして言わしむるとこの句にこそ宗鑑の高邁なる意気と、そして、始創せる発句の本質とが蔵せられているとするものである。

一体、作品には其時代のうらづけを無視しては真の理会は成りたたない。そもそも、この宗鑑時代の時代精神が持つ「月」という対照物を考えて見るがよい。平安朝文学以来あらゆる分野にわたりてこの「月」の位置する椅子こそは最高最上のメーン

テーブルであった。
風雅を象徴する月、雪、花ということば。理想性をあらわす、月、涙、夢、等！　等！　月こそはおよそ文学の対象の最も優美なるナンバーワンであるその月をこきおろして、

　柄をさしたらばよきうちわかな

と、常人の日常生活の身辺一雑物たる実用にひきずり下しズバリと言ってのけてしまった大胆さ不敵さ！

　恐らくば当時月並の風流人をしてアッと驚嘆せしめずには措かな〔か〕った事と信ずる。

　この宗鑑の「荒魂《あらみたま》」こそは従来忘れられたる俳句の一つの本質である。繰り返して再言しておく。

　この宗鑑の「アラミタマ」こそは日本文学に最も欠乏しているという文学性の一面を獲得したる最初の処女球である。

　後年芭蕉が奉じた「この道に古人なし」の精神も「夏炉冬扇」の説も「俗談平語を正す」の主張も、又一茶が

　何のその百万石も笹の露

の俳句思想も等しくこの宗鑑の月の句が示唆する俳句性の一面でないものはない。由来、日本文学の伝統は「和魂」の文学にて主情的文学の系譜に属し、思想的、批判的な主知文学ではなかった。其点この宗鑑が始創せる発句精神には其「和魂」に対照する「荒魂」を宿し、後年明

治世代に入って我国を浸透し来れる西洋文学理論の先行をなしている点がある。

発句の一つの本質が実にこの意志的な主知的な要素加味により、在来の和歌の抒情性と異りたる本質の潜在を孕んだことは重要なること、言わねばならぬ、爾来

元旦や神代の事も思はるゝ　守武

という歌本来の「和魂」性と共にこの宗鑑の「荒魂」性は俳句精神の二大本質となり、代々発句人の伝統する処とはなったのである。後世、談林の宗因が貞門を正したる、更に鬼貫、芭蕉、子規等何れも発句人特有の文学理念に即して、超凡俗、大衆批判、自己高揚の高邁なる精神の烈々として現われたる作品を作し、実践を敢行したる、一つに、この宗鑑が敢為せる発句精神の継承でないものはない。俳句の本質とは要するに、実に、この凡俗否定、自己高揚、大衆反逆の苦悩の大精神に外ならぬので、之を失した時俳句は亡ぶるのである。

和歌の抒情性をのみしか有たぬ俳句。川柳の逆説と理智性をのみしか有たぬ俳句。徒に、時流迎合の十七字を羅列せるのみの俳句。之等は俳句の形骸である。真の俳句精神は、上述、我国固有の文学精神「和魂」の抒情性に、宗鑑が実践によって高揚せる「荒魂」の主知性を孕む積極的なる意欲を独特する文学エッセンスを有っていなければならぬ。

この「和魂」「荒魂」の本質論に比すれば現代喧しい「季題」「十七字」等の形式論は寧ろ方法論でしかありはせぬ。

ことに「俳句十七字」性論などは極めて偶然性のもので、この十七字はたまたま宗鑑が創唱

した当時の発句が五七五の十七字形態を有っていた故の偶然で、若し、仮に其当時の俳諧の発句形態が五七五十七字に非ずして、七七五又は五七七の十九字であるか或は七七七二十一字であったかであったとしたら、恐らく、発句は――従って俳句も――十九字詩乃至二十一字詩になっていたやもはかりがたい。

　俳句が最短詩を希願するという条件には不動であっても、最短詩が何故に十七字なるやの理論には必然性はない。十七字性は一つに発句の伝統より来し偶然である。等しく発句の伝統を負うということからいえば寧ろ、この十七字形態に比して「季題」の問題の方がまだしも理論体系を多分に蔵している。

　この季題こそは日本文学には稀らしい文学の体形を有った一つの業績であろう。

　それは、彼の記紀時代以降日本の詩人が持つ特殊の象徴文学たる祝詞の形容語、副詞、歌の枕詞、かけ詞、及び連想を導入する縁語等の転化遺伝により誕生せる唯一無二の対象具象化法が季題であり、殊に、吾が、王朝詩歌が彼の「海ゆかば」式皇室誠忠への文学理念を尊尚し来り、皇朝大和を中心とする大和民族高揚の国家観念を体したる伝統そのものを伝承して、大和中心に制定せる季題体形成作の如きは、民族中心をイデオロギーする文学体形の一異彩と称し得べく、この点、国際主義《インターナショナリズム》的に対応する民族主義文学の一体となり、現時、日本民族の大陸発展を将来する今の世相に移して考察するも極めて有意義なる存在である。かく民族固有の国土の風光文物を象徴する文学形態の機能として季題が制定せられ大衆の支持と理会とを占有するということは恐るべき偉大なる構成というべきである。

それは、たとい、今後、吾々の子孫達が大陸経営を成就して、この故郷「日本」とは凡そ似も似つかぬ風光と季節と大地との中に其生活を委ねるの日が来ようとも、吾々が詩った、彼等の祖国日本の美しき花鳥と風光と平和なる楽土との優秀さを遺産として有つであろう事を思えば、此の、季題の力もまた偉大なるかなと言い得べきで、此の点、現代俳人は季題の新しき認識を課題せられているともいえる。勿論、俳句作者が其実作に際して、此の季題に煩わさるゝの愚を冒して自己の作品を扼殺するが如きは、作者其人の罪であって、季題其物はかくの如く吾が文学上に厳然たる位置を光彩していて、文学方法論的には、寧ろ、十七字性以上に学問的合理性を有している。

以上、俳句が其形式的本質に於て十七字と季とを有つということは其生成の発句の宿命に負わねばならぬという論は首肯せられし事と信ず。従って、彼の、十七字を必然とし季を偶然とするという論も、季を必然とし十七字を偶然とする論も、要するに、発句生成を離れては水掛け論でしかありはしない。

之を要するに俳句の本質は精神的にも形式的にも宗鑑始創の精神を特性する。

一体、文芸の精神的本質は其生成の時に之を負うべきで、此の意味に於て生成は終局であると称しても過言でない。

されば、生活を詩う人事俳人であれ、花鳥を諷う自然俳人であれ、前述の凡俗否定の精神、大衆批判、自己反省、民族高揚の高邁なる精神をだに精神するに於ては其俳句は等しく尊貴で永久性があるべきである。其人事俳句なるが故に進歩的であり自然俳句なるが故に退嬰的である等と断ずる俗論は小児的であり季の有無を以て俳句の新旧価値を評する事も亦非論である。
俳句の方法論に至っては自ら多種多様であらねばならぬが、俳句の本質は不変である。

　この不動の本質地上にさえ建築する限りに於て其俳句殿堂はたといそれが如何様な様式を有とうとも決して立退命令を接受する怖れは永久に来ない事だけは間違いない。

小品

明るいカンナ

不図《ふと》、恐ろしい悪夢にうなされ目が覚めた。頭がきりきりと痛んだ。まるで針で刺されるように。台所で氷を砕く音が「カチカチ」とした。私はがばっと起きた。そして

「健坊は？」と見まわした。

すぐ傍で主人が

「まだ五時だよ。もう少しお休み！　お前まだ一時間も眠っていないではないか」

といってくれた。主人の膝の上にいる健坊は眠っているらしかった。そこへ、氷嚢を入れかえた母がきて、

「健坊が眠っている間だけでも眠るがよい」

と強いて私を寝床につかせた。

×　×　×

それは昨日の朝のことである。突然板張りの縁側の方から、

「ピシャッ」という音がした。柔らかい弾力のある物体を、堅い平板の上で叩きつけたよう

な音であった。すると、

「ヒーイッ」と鋭く泣き叫ぶ健坊の声。

私は「ハッ」として野菜を刻む包丁の手をやめて馳けよった。聞けば、辛うじて立つようになった健坊の両足をかがんで新聞を読んでいた主人がうしろ向きの両手で引きよせたものだから、ちょうど鉛筆を倒すように、健坊の後頭部は縁の上に叩きつけられたというのであった。

「水ででも冷すかなあ！　しかし別に何ともないようだ」と主人。

その時、玄関に人の気配がした。来客であった。とりまぎれた私達は、それきり冷しもせずに健坊をねかせてしまった。

×　×　×

その夜の一時頃である。耳もとの喧《やかま》しい泣声で目が覚めた。健坊が火のつくように泣いていた。手足を反らし、胴体を弓のようにしなわせて、右転左伏。いかにも苦しそうである。いささか驚いた私は、きっと向き直り、抱き上げて乳房をやったが、吸おうともせず「キヤンキヤン」という獣のような泣声。

ためしに額に手を当てると、八度もあろうかと思うほどの高熱だ。検温器を当てると、八度五分まで上った。真夜中のこととて、どうすることも出来ず、四時頃まで抱いていた。ふとんの上にねかせると、爆発的に狂い泣くのである。

夏の五時といえばもう朝だ。戸の隙間から明りが射す。主人に電話で医師を呼んで貰った。

八時頃、医師が来るまで健坊は泣き続けた。声はかすれて、軋むような音になった。医師の診断は青天の霹靂《へきれき》であった。

「脳出血。全快するかどうかは言明できない」

医師に注意されてよく見れば、左の眼は真赤に出血していた。私は「しまった！」と思った。そういえば、「ピシャッ」という音はたしかに強かった。

「私は大事をあやまった！」と思いながらも、ポンプを押す手が「ブルブル」とふるえた。濡れ手拭を置いてやると、しばらくして泣き声がよほど弱ってきた。お乳をやると、弱いながらも吸い出した。

「可愛想に！　早く冷してやればよかったのに」と私は「ひしひし」と後悔の念で胸がいたんだ。両の瞼《まぶた》が熱くなって、涙が出るのをどうすることも出来なかった。

×　×　×

突然、健坊のはげしい泣き声で目が覚めた。例の「キヤンキヤン」という声。すると、主人が

「ああっ！」と一声うなって、「この子は顔が歪んできた！」と真青な顔をして、唇をブルブルとふるわせた。たしかに、泣くたびに口が右の方へゆがんでくる。

「あらっ！　泣く時に左の眼がつむれない！」と、今度は母が叫んだ。出血して真赤になっていた眼が片方だけつむれない。

「早く、お医者さんを！」と私はまた主人をせき立てた。医者の診断で、脳出血からきた顔面神経麻痺と知った時の私の嘆きはとても筆紙には尽くせない。

「健坊がもし治らなかったら！」今でこそ、「父の不注意で脳出血のため神経が麻痺したんだ」といえば、近所の人は認めてくれるけれど、広い社会の人々には果たして……。さらに十年、十五年すると、この子はあわれ一塊の汚血動物！

「ああ、死ね死ね。いっそ死んでしまえ。」

畜生、悪魔、修羅。私の一生を呪う。焦熱地獄。

「健坊、お前はなぜ、あの時一思いに死ななかったのか！　いっそ、このまましめ殺してしまいたい！　それがお前の一番最上の幸福だ」

「本当に殺してやろう、そして私も死のう！」

すると、冷い岩石か柱かを抱えているかのように感じた。しかし、膝の上に不図、目を落すと、健坊は氷嚢を当てた下から可愛らしい眉と長い睫毛《まつげ》の目を閉じて、神様のような顔をして眠ろうとしている。

「何という罪のない、尊い顔だろう！」

泣いたり、笑ったりして顔の筋肉を働かす時こそ、あの怖しいへシ歪んだ化物のようなものになるのにもかかわらず。

主人も一生懸命に介抱したが、この凄じい顔をみては「ポロポロ」涙を落すのであった。

× × ×

その日の十時頃、大学の博士から

「万一、耳鼻にも出血があったら大変だから、念のため耳鼻科の久保博士に紹介しておいたのですぐ大学病院へ来るように」

との電話を受けた。主人と二人ですぐ行くことにした。氷はしばらく離せないので、二つの氷嚢をあて、別に一包を用意した。

電車に乗った時、あいにく人が多くて私は困った。健坊が突然泣き出して、あのへシ歪んだ顔が人々にさらされた時、私と主人は思わず顔を見合せた。私は停留所の来るのを一刻千秋の思いで待ちわびた。

大学病院で久保博士の受診を待つ間の苦しさも一通りではなかった。狭い廊下を一杯に右往左往する外来患者。怖《お》じ呆《あき》れてとかく泣きたがる健坊。人々にその顔を見せまいとする私。熱い涙がとめどもなく、後から後から流れてきた。

家にたどりついた私は、世間の子を持たぬ女がつくづくと羨しくなった。しかし、スヤスヤと眠っている健坊の顔はまるで天使のようであった。どうしてこの子を殺すことが出来るものか。

「そうだ、無人島へ行こう。」

私はそう叫んで主人を見た。……がしかし、夜を日についで、力の限り介抱した。

× × ×

それから七日目の朝であった。私が地獄の底で救世主に会ったような歓喜と希望とに蘇生した。その日から、健坊の麻痺が少しずつとれだした。

三週間目には、左の眼瞼《がんけん》も動き出した。「うれしい」とか「よろこび」とかそんな言葉では尽せない。知人は「子供を一人拾ったんだ」と祝福してくれた。

庭さきに真紅の「カンナ」が火を吐くように咲き盛っていた。私はかってこのような明るい「カンナ」の花を見たことがない。

（大正九年八月二一日）

渡海難

防波堤の石垣を無造作にすべり下りて、潮水のまだ残っている砂と泥との遠浅をザク、ザクと沖の方へ歩んでゆく。午後三時頃の真夏の日輪は白のパラソルを射て赫々と顔にほてって来る。たまたま通り雲が来る度毎に眼の前が暗く昃《かげ》ったり又明るく眩しくなったりする。海の風が強いので暑いとは思わぬ。プツリプツリと潮の泡を噴く泥の穴を踏むと、生温かい泥水がだんだん脛を呑み膝頭を没しては吃驚《びつくり》させられる。

海は眼界遠く干ている。神《こう》の島《しま》がスッカリ姿を現わし附近一帯の砂丘が真白く光って、島の松の緑が一入《ひとしお》濃く浮き出たようにこんもりと茂って濡れてるようだ。白と赤のパラソルが二三チラチラと鳥居のあたりを彷徨《さまよ》いつゝ、此方へ帰って来るのが風船玉のように見える。右手の海岸に迫った翠緑《すいりよく》の山、左手の松山古城址を削ったように聳える断崖絶壁。其の岬から開けた海原の東方迥《はる》かの沖合に散見するK港通いの汽船帆船が、笹舟のようにも又白い点のようにも見られる。

防波堤から眺めた時に岩かとばかり思っていたのが、近寄って来て見ると砂にすわりこんであさり貝を採っている老女だった。

「おつうやん。採れるかなア」

智恵子さんが突然《だしぬけ》に女にこう問いかけた。

「ハアーイ。お嬢さん島遊びかなエ。」

色の黒い顔をあげて編笠の下の方から赤い腐った眼をこちらへ向けた其女は、智恵子さんと並んで佇っている私の顔を見ると、ニュッと大きな唇を開いて黄褐色に汚れた前歯を露出《むきだ》し笑いながら、

「貴女《あんた》もかなエ。たった二人でかなエ」と言ったが、すぐ瞳を手許に落して右手のガンヅメでかき出した大小二個のあさり貝を左手で素早く拾って側の小笊の中に抛りこんだ。小笊の中にはもう大方一杯になる程の獲物が這入っていた。

突然汽車が汽笛を鳴らして凄じい音をたてながら近づいて来る気配がする。三人は言い合せたように西の方へ向き直った。海岸の旧街道に沿った古駅の跡が半農半漁の一寒村と寂れ果てた小さいK村の、低い藁屋根の多い人家家並の上を通るかの様に見ゆる鉄道線の一角から、今機関車のみが現われてM市を発した下り列車が真白い烟《けむり》を吐いて高城山《たかじょうやま》の麓へさしかゝっている。刻々とK停車場へ近づくに従って汽車は列車の側面を見せて、夏草茂る高城山の高陵を背景に玩具の汽車そのまゝだ。

「ドラドラ。あの下り汽車が来たで、もういぬることにしようかなア。」

ドラ声でこういった女は、いきなりガンヅメと笊とを両手に提げて、其の黄いろく硬ばった皮膚に毛筋ほどの表情も現わさずサッサとかえり出した。

「行ましょうよ。」と智恵子さんが呆れて後姿を見送っている私を促して歩き出した。

◉

足の下から小さい海の虫が飛び出してはすぐ砂の中にもぐりもぐりするのを追っかけ追っかけ行っていると
「オーイ。智恵サーン。……智恵サーン。」

背後の方から呼ぶ声がする。見ると多美夫さんが息をきらしてかけて来る。

夏シャツに半ズボン、阿弥陀に被った麦藁の中学制帽の下から遠目にも赭《あか》い顔が見られる。

泥の中に入った時は妙に上半身を泳がせてのめる足を引き抜き引き抜き大跨に砂の上に来るとぴょんぴょん兎のように跳ね、潮水のあるところではパッパッと水烟を揚げて、両手には何かシッカと抱いているらしい。

「兄さん。ナーニ。」

と智恵子さんが後戻りながら近寄るのを迎えた。

漸く短距離になった多美夫さんははずんだ声で早口に叫んだ。

「U町の姉さんが今来たんだよ。K市へ今度の上り列車で、あんたも伴れてゆくから、急いでおかえりって。」智恵子さんは驚いたような眼をして私の顔を見ながら、

「どうしましょう。」と小さい首を傾げた。

私が調子づいてかえるようにすゝめると、

「あなたは?……お一人で島へいらしって?」

「……」

私は一寸返事に当惑した。どうしたものかと迷っていると、いよいよ近まって来た多美夫さんが、

「智恵さん。早くかえらんと時間がないんだぜ。」と促したので私は咄嗟に思案して、

「私。多美夫さんと行くから。あなた急いでおかえりよ。」と言ってしまった。

くるりと踵《きびす》をかえした智恵子さんは「さよなら」と言い捨てゝかけて行く。

残った私は「どうしたものか」と一寸躊躇《ためら》うような衝動をふと感じた。お下げの白リボンを風に飜しながら駈けている智恵子さんの後姿が石垣の方へ遠ざかってゆくのを見ると、其跡を追っかけて帰ろうかと思うたが、又何だかこのまゝ帰ってしまっては折角昨日からの楽しみが破られてしまうようで口惜しうも思えた。で、ヤッパリゆくと決心して面を抬《もた》げると、そこへ多美夫さんが汗をブルブル流して追いついてる。ビール瓶二本と夏蜜柑二つとを両手にかゝえて。

夏蜜柑を私が持つことにして半巾《はんはば》に包んでいると、キョロキョロと見廻していた多美夫さんが、

「兄さん達。あそこへいるナ」と快活に独語っていた。なるほど、彼の人達がやって来ている。

真先に健さんが其のひょろ長い軀に古藁帽を被り、上から手拭を頰被りにして婦人海水帽のような恰好にし、肩に手網をかついでいる。弟の則夫さんは高商の制帽を横被りにした下から浅黒い顔と大きな鼻を露《む》き出して骨格の逞しい怒り肩に投網をひっかけ大きな腰に魚籠《びく》をブラさげている。二人共夏シャツに半ズボンという軽装で。最後にKさんが女のような華奢な体を浴衣に包んで、裾をはし折って兵児帯に挟んだまゝ、いかにも都会人らしい様子で歩いている。

健さんが石を拾って子供のごと〔く〕体を躍らせて投げ出した。今度はKさんが同じく石を拾って健さんに負けずに抛った。健さんが又投げる。Kさんが抛る。果ては互に顔見合せて高声に笑う。二人は中学時代の腕白さにかえったかのように興じている。

私共はいつの間にか牡蠣《かき》の簇生《そうせい》している小岩石原の一帯に沿った小高い砂丘に上って両方から落合った。其の一方は干潮にも淵のように深い瀞《とろ》があって、外にも一人其中に投網を入れてる者があり、又渚の方では槍でたこを突いてる人も一人居た。則夫さんが肩の網をおろして投げている。

ふと私は思い出して

「多美さん。コップはあって？」ときいた。

多美夫さんは困ったといった顔をして立ち止りながら「失敗《しま》った。僕、コップの気はつかなんだ。」とさも驚いたようにいう。二人は言合せたように陸の方を顧みた。防波堤迄はもう可なりの距離で、石垣の上を走せている智恵子さんの影が小さく小さく丁度うちの酒場の煙突と並んで見えている。

二人はとても後へかえる勇気はないので、顔見合せて苦笑する外はなかった。

風船玉のように見えていた先刻の赤白のパラソルが突然岩の陰から現われた。見知りごしの浜の女たちでもう帰途に就いているという。

則夫さんは頻りに網をおろしては獲物を魚籠へおさめている。健さんとKさんとは手網で渚の方を漁っている。私は美しい貝殻を拾っては袂《たもと》に入れ入れズンズン先へゆく。

漸う島に上りついた時にはもうそこらに人の影は一人も見えなかった。

荒れた社殿を背後に廻って見ると奇岩絶壁、其間々に青潭を湛えて上から老松が枝を拡げたまゝ懸って涼し過ぎるよう。遠くかすんで見える中国の山のハナから渡って来る玄海風が松の梢を吹き撓《たわ》めて、何となう凄惨な気が迫って来る。社の北方に平たい八畳敷位の岩があって上から松の枝がさし翳《かざ》し天然の座敷が出来てる。そこへ佇《ま》っているとKさんたちもやって来た。

四人の男子達は其処で胡座《あぐら》してビールを抜く。健さんが夏蜜柑の皮を剝いてそれを急拵えのコップに代用するという。栓抜がないので岩にぶっつけてビール瓶の口を割り、夏蜜柑の皮にそれぞれ注いで急いで口をつけて皆よろこんでる。健さんはそこらに散っている松の落葉や弁当箱の空殻や竹の皮のかけを集めて焚火を始めた。そして魚籠の中から小さい鯛の子を出して焼きはじめる。

「一寸待ち給え。今、鯛の浜焼が出来るよ。」

などと言ってはしきりに火を熾《おこ》し立てる。やがて、小さい鯛の子がむしられてKさんの手へ渡る。則夫さんも笑って焼けた頭をむしりとってガリガリ噛んでいる。又小さい貝を割り砕いては生で啜ったりして三人でビールを干す。多美夫さんだけは夏蜜柑を旨味そうに吸っていた。

私は少し離れた松の根方に跼《せぐく》んで先刻から眼を離さずKさんの一挙手一挙手はおろか瞬き一つでも見逃すまいと注視している。

細長い顔にやさしい眉、美しい眼、小さい高い刻んだ様な鼻に女のような口、すべてがお雛様式のKさんの顔には何処にも男性的匂いがなかった。痩せた体迄が小さうて、則夫さんの九州っ児タイプといったような岩乗な肉体と対照して一入嫋《やさ》しい。それに、大きな声で物言うでなし、だまって微笑しながら夏蜜柑の皮を傾けているところは、いかにも常識的な、何等詩人的文士的特徴を持たぬ一個普通の好紳士であった。漱石先生の三四郎のモデルで、漱石先生のお秘蔵弟子であるKさん。此の人に対する私の予想はモット詩人的で、モット男性的で、モット非現実的な人物とばかり思って居たのに。

予期をスッカリ裏切られて欺されたような腹立たしさと呆気《あっけ》なさを感ずるのをどうすることも出来なかった。

◎

健さんの細君のM子さんからきかせて貰ったKさんの中学時代高等学校時代の逸話、現今の境遇、家庭の事情さては未来のK夫人になる筈の女性の方のことなどの談片の中で、一番私の興味を持ったのは三四郎のモデルということと、私の最も崇拝していて、其新刊著書が見たさには欲しい着物迄犠牲にして買わないではいられなかったこと程それ程、好きな好きな、漱石先生の愛弟子ということの二事だった。

今度Kさんが東京から帰郷してうちへ来ると知った時から何ともいえず嬉しかった。私は勝手に小説的詩人的Kさんを空想で描いて見ては遊戯的興趣《きょうしゅ》に浸っていたものだ。

昨晩も日記のはしに「生きた三四郎を観照するの〔も〕興味」などと書いてよろこんでいたのに。

今見るKさん、一向ただの人で何等異彩を見せて呉《く》れぬ。

◎

私がこんな非常識的な非現実的な奇蹟的な空想の眼を光らせて、何か漱石先生の噂でも出はせぬか、文壇の評論めいた談片でも聞えはせぬか、と聴神経を鋭敏に尖らせて畸《ききみ、た》てながら、一生懸命にKさんの顔ばかり凝視めて居ようなどとは夢にも知ろう筈のないKさんは、ビールに眼の瞼縁をほの赤くして焚火の中の小さい鯛の浜焼を竹切でまぜかえしている。大分耳の遠い健さんが聾者特有の少し間の抜けたような顔を前に突き出して夏蜜柑を吸っている。無口やの則夫さんはもとより最初から一言も発しない。

健さんが二本目のビール瓶を又岩角で叩いて居たが、どうしたはずみでか瓶が中途から割れてビールが一時に泡を噴いて溢れ出た。

「失敗《しま》った」と慌て、残った僅かばかりの液体をみかんの皮のもう苦茶苦茶になったのに注ごうとする時、多美夫さんが大声に叫び出した。

「兄さんッ。潮が満ちてるよ。」

一同は吃驚《びっくり》して飛上った。

ほんに、滔々《とうとう》と岩を撲つ波の音の調子が今迄と違って強く、激しくそして早くなっている。何時の間にか風さえ加わって只さえ凄い島の松風が一層物々しい。沖の方からは刻一刻と迫って来る真白い波頭が、怪物のように転んでは起き起きては連《つらな》りして後から後から押して来る。午後五時に近い空は雲さえ出て，気のせいか雨でも落ちそうに一体の空気がしめっぽく陰気に変ってきた。

「遊び過した。」

「これはしまった。」

「大変だ大変だ。」

などと口口に罵りながら鳥居を出て島の表に飛び出した一同は色を青くしてしまった。島を繞《めぐ》った波の手がもはや一面に拡っていて、遠くの沖合から潮鳴りが轟々と響いて来てる。泳げない私は思わず、前に居たKさんに、

「どうしたらいいでしょう。」と叫んだ。

案外に落ちついているKさんは、

「ナニ。溺れやしませんよ。ころばないようにしていらっしゃい。」といって手を引っ張ってズンズン波の中へ這入りこんだ。

一陣々々の風に乗じて大海原より吹きくる潮は一調子は一調子より強く迅く私共の脛を襲う。まだ、島を離れて十間も来たか来ぬかと思う頃には膝の上迄水が来た。

私はこれはとても無事で対岸へは着けまいと思わず防波堤の方を見上げた。十八九町位しかない距離だから泳げたらわけはないのだけれど。

Kさんは僕も泳げないと平気でいっている。真先に飛んで行っていた多美夫さんが、

「深いよ深いよ。これはとても渉れないよ。」

と叫ぶ声が吹き消され吹き消されきこえて来る。十間ばかり前にいた健さんが股のあたりまで波に浸って、

「いけないいけない。君等は島に居たまえ。舟を出して来るから。」と私達へ叫んだ。そして、

「オウイ、多美夫。お前一生懸命に駈けて行って見ろ。とても駄目と見たら舟を寄こせ。舟を。」と命令的に怒号《どな》っていた。

其時もう、私は股のあたり迄波に呑まれてしまった。風は波を誘い、波は風に乗じてドーンドーンと押し寄する律動的な水の活動は、一種恐ろしい脅威を持って小さい人間の肉体を襲っ

て来る。
サルマタをはいていなかった私は最初浴衣の裾を長くして歩いていたが、日本服は濡れると足にピッタリまつわり着いて歩行の自由を犇《ひし》と妨げてしまった。高低不規則の海底を、風と波とに兎《と》もすれば危くなる足許を踏みしめ踏みしめ進んでいる私には更に一層の困難で、遅い歩みはいとゞ遅くなる。仕方がないから膝の上までからげ上げた。併し、右手の玄海灘から来る烈風は容赦もなく前褄《まえづま》を煽って煽って、吹き捲って、裾も袖も吹きちぎって去にそうで、やっぱり困る。

油気の抜けた髪はバラバラに散って、眼といわず口といわずまつわりついて視線を妨げるけれど、払い上ぐることも出来ない。

私は思わず島に残って船で扶けて貰わねば仕方がないと考えて後をふりかえって見た。島を離れてヤット十間余りも歩いた頃かと思っていたのに今顧みて驚いてしまった。真青い波ははや、先刻《さつき》離れた砂丘をかくして、島の陸地迄には既に四五十間もの距離になっている。

私はハッとして胸の動悸が一時に高まって来た。

こうしてる間にも水量はメキメキ増して今は腰の辺り迄にもなって来た。手を引っ張って前に行ってるKさんも太股の辺まで濡れてる。其時

「オーイ。其処を早く渉ってしまえば、此処はこんなに浅いよ。」と励ます健さんの声が遠い遠い処からでも来るかのようにきこえて来た。まことに、健さんのいるところは膝頭位までの

潮しかない。

「そこは干潮の時でも潮だまりで深いよ。早くぬけて来給え。」と又健さんが呼んでいる。

Kさんはウムともスンとも言わず、静に静に渉っている。眉一つ動かす様子もなく波の上を瞶《みつ》めたまヽ行き悩む私を支えてはズンズン波を分けて。

其痩せぎすなスンナリした体に、男性的な落ちつききった魂が宿っているのが不思議だとも思えた。

と、其Kさんが俄《にわか》に
「呀ッ。」

とたった一口叫んで佇ちすくんでしまった。

吃驚した私は思わずよろよろとして倒れそうにたじろいだが、危く踏み止ったはずみに、草履の鼻緒を切って右足が跣足《はだし》になった。それと同時に力一杯踏みつけた蹠《あしうら》にイヤという程の痛みを知って我にもあらず、

「痛ッ。」と叫んでしまった。

スッカリ慌てた私はそこらを静かに探って見ると一面牡蠣の岩で鋸の歯のように尖った貝が一ぱいだ。とても歩かれない。

Kさんも一歩も進まず、黙って水面をジッと瞶めて考えてる。私は草履を破ったなと思ったけれど問う勇気はなかった。

左足片方のみでは支えにくい体の中心が、波と風とで尚更ふらふらする。丁度、松山の岬《はな》と神《こう》の島《しま》との中間から真一文字に突っかけて来る潮が直角に私共の右半身を搏って、今はいよいよ其勢が猛烈に感ぜられる。私は殆んど取り乱した声で、

「則夫さーん。則夫さーん。」と悲鳴を上げた。

一番骨格が逞しくて一番泳ぎの上手な則夫さんに向って本能的に救いを求めたのである。もう、大分距離がある上に風の方向が悪いので則夫さんへは私の声がとどかぬらしくふり向きもしない。却って健さんが後ろむいた。

「則夫さーん。助けてー。」

も一度私は叫んだ。健さんに呼びかえされて後へ返って来た則夫さんは

「コレはいけません。進路が誤ってる。少し此方へ寄ると牡蠣はないです」と右方を指して教えたが、二人は無論動けそうもない。結局私は則夫さんに背負って貰うことにして、残った片方の草履をKさんへ譲った。

則夫さんの背を借った私はホッと息をついて、船に乗ったような安心を覚えた。大男の則夫さんは臍《へそ》の辺り迄もある波を分けて、殆んど平地を行くように進んで行く。岸の方ではもう余程堤近くまで行ってた多美夫さんが、ふりかえってこちらを見ていた。

兎も角もして松山の岬を受けた入江迄来ると、今迄の烈しい潮の勢も疾風《はやて》のような風も大変静かになって来たのが著しく分った。そこからは地勢の関係上一途に寄せた潮が四方に広く拡がるためか水深も大変浅くなって、則夫さんの膝頭から上は現れた。防波堤迄の距離もいよいよ接近して六七町位になり、もう大丈夫だと漸々《ようよう》安心の胸をなでた。

とんだ、ギリアットの渡海難を演じたものだと心の中で微笑する位までの余裕も出来、又、余り慌てゝ取り乱した先刻の自分がきまり悪くもあるような羞恥も感じ、又、当然にかゝるべき猛獣の毒牙から免れたような安心と、一種、或好奇心を充たされなかった呆気なさに対するような淡い影とを感ずるまでの、心の平静をも得て、もう一時も則夫さんの背に負われてはいられないような気持がして、おろして貰った。

Kさんが後からパッパッと水烟を揚げながら、子供のように両手を跳ねて私たちをおい越して行くのが、夏の夕陽を浴びて鮮かに石垣の方へ飛んで行く。

山と人

「田鶴子おばさまア！　早く。よう！」

裏手の厩の前から呼ぶ澄子の声が広い邸内の静寂を破って笛の音の如くに聞こえて来る。

急いで乗馬服の釦《ぼたん》を止め止め中玄関の敷台に降りると外は一面の濃霧の海。それこそ頬に鼻を突きつけられたって分りはせぬ。思わずたじろぐところへ

「遅いのねえ。」

又しても急きたてる澄子の少し焦だたしい声に続いて「フンフン」と鼻を鳴し乍ら甘える如に足踏みする馬のけはい。

田鶴子は、磁石に惹かるる鉄屑のようにピンピン飛び出して芝生の上を馳けて行った。

「どうも大変な霧だねえ。」

「大谷あたりで、キット、晴れてよ。」

こんな言葉を交しながらスッカリ仕度の出来上っている「七世紀」の甲高い鬣《たてがみ》を撫でたり鐙《あぶみ》を調べたりするうちにどうやら霧が少し淡くなったようである。昨夕から丹念にお化粧を凝《こら》し

て貰ったため今朝の七世紀はすばらしく美しい。

　スローブレッドの血を多く受けている此鹿毛は実に見事な曲線の持主である。利口相な大きな眼、わけて潤いのある涼しい瞳、無邪気な闊い鼻、博学者めく広い額、清少納言の文章に見るような才気溢れた犀敏な小さい耳、真黒い下肢にハッキリと走った見るからに頼母《たのも》しい腱。中にもふっくらと彎曲した長い其頸筋は丁度端麗な処女のうなじに見るような美感が匂うて何共いえず可憐である。

　田鶴子は誘惑されることをハッキリと意識しながら、手袋を脱って、其滑かな鼻面を一撫で撫上げて軟かい首を抱えて頬ずりした。

　先刻から、待ちくたびれてジリジリしている澄子は、頬を接吻したり、尻を軽く叩いたりして馬の機嫌を取るのにも飽きたと見え、ヒラリと飛び乗って手綱を締めトットッと一回り輪を描くと「先登《せんとう》！　御免。」と馬首をたて直して乗り出した。続いて田鶴子も真紅の鞍を跨ぐ。

菜園を廻って裏門にかかると
「そいじゃあ、気をつけさっしゃい。嬢子様も奥様も、やたらにオッ飛ばすでねえぞなもし」

と福松が鞭を渡して呉れる。

「八時が過ぎても帰れなかったら、田鶴おばさまがどうかだから、福松迎えを頼んでよ。」

「ヘイ。合点でござりやんす。」

　二人の主従が笑いながら戯談を言うのを田鶴子は黙って聞き流しつゝ、門を出る。

霧がどんどん流れ出した。

「すこし寒いね。」

コンビネーションにペテコートの上から薄いケープを被ったままの澄子は、九月とはいえ朝まだきの冷気を浴びて首を縮め乍らふりかえる。真紅の帽子がぼんやりと見えたばかりで笑ったのか顰《しか》めたのか顔の神経は見る由もない。「かぜ引くとつまんないわ。マントを。どうです。」田鶴子が心配しても「今に汗だくだくよ」と澄まして土橋を渡ってしまった。

往来に出た二人は馬首を並べてユックリユックリと進んで行く。

澄子の乗っている「アンネ」号はどちらかといえばシベリア種系統の馬なので七世紀と轡《くつわ》を並べると大分背が低い。そして、其粗野な相が田鶴子の気に入らないのだけれ共、然し、其房房とした豊かな鬣《たてがみ》と、小柄でキリッとした体格に、どことなう精悍な光りを帯びた青い眼が澄子の気に入って、先の持主の満洲剣客の青年から無理槍に譲って貰った彼女のお秘蔵なのである。そして、それが十七といっても大柄な澄子には最も手頃の愛馬でもあった。こうして、当時明治の英傑と謳われた牡丹《ぼたん》公の血縁として名高い貴族の家に生れながら、母に別れ父に別れ草深い此田舎に埋れ咲く白百合の花にも似た澄子が唯一のお友達のアンネ号は、下男の福松から後生大事に侍《かしず》かれ、沢々《たくたく》とした毛並と、生々とした元気がとても頼母しい。

村はずれの鎮守ノ森をぬけるところからは長峡川の本流を溯る平坦な県道の一筋道。人っ子一人通るものなく、濃霧の奥から遠く近く響いて来る雞の声に暁を籠めた田舎の空気が新らしい林檎の香のように香しく犇々《ひしひし》と鼻をうって、まるで、カクテールを吸うた後口のような清爽な気がこみ上げてくる。アンネが鳴らす鈴の音も言い知れぬ寂しさやるせなさの中から閑静な悲哀をそそりたてる。

　堤防が大きく緩かに曲って隣村に接する辺まで来た頃から霧の流れはいよいよ烈しく、文字通り咫尺《しせき》を弁ぜなくなった。

と。颯《さつ》と一陣の強い西北風が、右手の川上から吹き上げたと思う間もなく、まるで、布でも引ったくるごとドンドンドンドンと霧の帷《とばり》を引きはいで、恰度《ちょうど》目隠しを不意に取り外されたかのように四辺の光景が、突然に俄に一時にハッキリと現われて来た。

川、森、人家、打ち続く一面の青稲田の上を次第次第に消え走る迅い迅い霧の洪水。

二人は始めて眼の覚めた、生き生きとした瞳をあげて互に顔を見合せた。

七世紀もアンネもまるで水を浴びたかのようにシットリと霧雫《きりしずく》を被って、鬃も鬣《たてがみ》もビッタリと膚に吸いついていじらしい。

「呀ッ、障子ヶ岳。」

不意に澄子が驚嘆の声と共に鞭を挙げて西の方を指した。

まことに、晴れ行く霧の遠野の果てに、彼の秀麗な障子ケ岳が、秋晴の朝まだき宇宙を圧して端然と長い裳を引いて立っている。

折柄東の海を出た清爽な朝日の処女光線を、其柔かな山膚の表面一杯にシットリと孕んで恰《あたか》も金色の王女の如く輝き出して来た。

「まあ、なつかしい。」

田鶴子も思わず大声をあげて之に応えた。

故郷を出て十数年。旅の空でいつも思出すのは此山であった。夕月匂う短日のたそがれ時、有明の霜に凍る冬の暁、田鶴子は只一人の友もなく一里の田舎道をあるいて小学校へ通ったものであった。其時の唯一の友達が此の障子ケ岳なのであった。往きも。復りも。幼い田鶴子の胸に詩を育てて呉れたのも歌を培ってくれたのもみんな此山の美しい影でなくて何であったろう。

今度、久しぶりに帰郷した昨晩の今朝、只今始めて此山に会った彼女は、声を揚げて泣きながらその山懐に抱き締められて見たいような一種の衝動に搔き乱されつゝ、

「あゝなつかしい」と吾を忘れて眺め入った。太陽は赫々と輝き出し霧は全く霽《は》れて往く。こみ上げて来る満身の歓喜をグッと下腹に抑えた田鶴子は思い切り上半身を前に屈めて鐙を力一杯踏ん張ると

「続いてらっしゃい！」

叫び捨てて一鞭ピシとくれた。心得た七世紀が得意の沈みをくれたと感じた瞬間、恐ろしい程深い大空へ、パカッパカッと蹄の音を響かせて躍り出した。アンネの嬉しそうな軽い蹄の音がすぐ続く。

県道を南にそれて稍細い田圃道へと曲ると目的の馬ケ岳がすぐ眉の上に迫って見える。

ふいに横手の丘から

殿御来る夜は虫でも知らす、

裏のがえりこ（蛙）が泣きをやむ。

という唄の声が、とてもすばらしい最高音《ソプラノ》で、リンリンきこえて来た。間もなく白手拭を姉様冠りにして筒袖《つつそで》の紺の単衣に紅い小帯を結んだ田舎娘が、貧弱な赤馬に乗って鎌を腰にさした姿が丘の上に現われた。

「姐さん。『蔵詩岩』へは此の道だったね。」

田鶴子が声をかけてきくと、娘は驚いて後を向くと暫時《ざんじ》二人の姿を見つめて黙っている。

「知らないの。佛山先生の……。」

言いかけるのを皆までできかず

「佛山先生の岩なら知らんもんか。其処から登るといいがなあ。けんど、もう、馬じゃあぶねえぞなもし。」

と言い捨てて丘を下りて行った娘の態度がどこまでも鄙《ひな》びて可愛いい。

「彼の声だとさしずめ早川美奈子さんだねえ。」

「あんな者、ザラにあってよ。」

二人は微笑しながら、其処から急に嶮しくなった岩角へ飛び下りると側の椿の大木の下にそれぞれ馬を繋いで可なり急な石ころの坂を登って行く。

既に四十五度角に横顔を射つくる太陽の矢筋に、帽子の庇からはみ出た左の頬が少し熱い。半丁足らずの間を、顔を真赤にしてハッハッと息をはずませながらヤット頂上の平地へ達した田鶴子は、小鳥の如くに身軽に駆け上って岩の突鼻に矗《ちく》と立ち、

「すばらしいよ。とてもすばらしい。」

を連発してよろこんでいる澄子の足下へ堂と腰を下した。

標高僅に二千尺そこそこの馬ケ岳ではあるが、此処迄登れば眼下一望の下に故郷の山河は完全に二つの瞳の領するところとなって田鶴子の全身の神経がトクトクと高い楽調をあげておののきふるう。

△　△　△　△

丁度。富士山の三合目あたりから上を、素敵によく利く刃物を揮《ふる》って、一気にスパリと、水平に、横薙ぎに裁ち落して除けたかの様な格好をした障子ケ岳。其裾長にスンナリと曳いた山裳の尽くる辺から突兀《とっこつ》と聳り立って、まるで造化翁が気まぐれに捏ねかけた粘土細工の一塊を勁い竹篦《たけべら》でグイと一抉りに掬い採った痕その儘な断崖絶壁の岩鼻を、プイと障子ケ岳の頂上の一角に突きつけて、さながら、美人の障子ケ岳に接吻を挑んだ偉丈夫そっくりの龍ケ鼻岳。此の両性の山と峰とを起点として北と南に岐《わか》るる山脈が自然の背景を描いている。

先ず其峻嶮な龍ケ鼻岳に続いた平尾台の高原は西より北にズンズン延び、なだらかな太い線

となって漸々落ち付く頃俄に起って広野山の高峻となっている。十二月頃ともなって其頂辺に白雪を戴くようにでもなると何のことはない、白馬岳をそっと抱えて来てここに据えた形なのが此の広野山である。其足下を固めて蹲《うずくま》っている青龍窟手こんぼ山の小さい山々。戸隠山を名残りに北東にめぐるにつれて峰々は背を低め、高城山となり一本杉山と下って二崎岬で周防灘に没し、内ノ尾山で苅田の浜の遠浅となだれ、帯水を距てゝ中国山脈と霞んでしまう。

一方障子ケ岳の南の曳いた裳から続いて、香春の一ノ岳、二ノ岳と、丁度、槍ケ岳の尖端を見るような鋭峰を覗かせつつ山脈は低く連ってグングン南に繞り、逢坂山馬ケ岳等の突起となって終にふとん着て寝た東山によう似た豊津高陵の八景山を最後に尽きてしまう。

殊に。此の如に三面を囲んだ山と言う山の、どの山もどの峰も、皆其表面を此方に見せていて、各の山が有つ各の特長の、一番美しい秀れた姿を競い立てて目覚むるばかりに美しい景色である。

昔から此地方に面白い俚言《りげん》がある。

「嫁を貰うなら外の谷から貰え。此処の里には美人は出来ぬ。山が美女をとってしまった。」

事実、一歩其山を越して裏の谷に廻って見るがいゝ。さばかりの媚態《びたい》を極めたどの山も此の山も、全く何等の誘惑をも感ぜぬ一個の土塊の堆積に過ぎぬとは何んと奇異な現象であろう。

此自然の築山を背景として一望方四里の小平野が箱庭のごとくカラリと開け、真っ青い穂頭の稲の波を折柄初秋の朝風にサラサラと寄せては返している。帯の様な大小三四の流れに沿うた村落の布置も一概に平凡なと捨てがたい。

「あら。おばさまよ。豊後富士があんなにハッキリ！。」

今迄。無黙《だま》っていた澄子が突然に又叫んだ。

晴れに晴れた南方迥《はる》かの天空に淡墨色の雄健な線でぼかされた九州の名山英彦山の東方の一点に、名工の刻んだような豊後富士の由布岳が、其スッキリとした額だけを覗かせている。

「今日は特別に美しいねえ。澄さん。あれがうちの土橋。それ。あそこが佛山先生のおうちよ。」

「どこですのおばさま。」

「障子ケ岳と龍鼻ケ岳の山ふところより真白い清水が一条光っているでしょう。彼の岩清水がその稗田川の源なのです。後の二つ目の土橋の向岸が佛山先生のおうち、五つ目の土橋が澄さんとこの前の土橋。わかって?」

「あゝ。あれなの。随分小さいこと。」

「小さいには小さくても、二つ共彼の橋は随分歴史的な土橋なのよ。」

「まあおかしい。何が歴史なの。」

「だってそうです。佛山先生といえば此里の代表詩人でしょう。その先生が沢山のお弟子を伴れて彼の土橋の上を散歩なすった姿が想像されるでしょう。澄さんとこの土橋は又スバラシイのよ。」

田鶴子は言葉をきって一寸目を閉じた。

伊藤公と言っても今の若い人々の事には武者小路氏や菊池寛氏程にも興味と感動とを覚えない人名ではあろうが、其当時公の名声は国の内外を震駭《しんがい》した程の時代児であった。其公が、公の愛婿S家への初舅入を歓迎すべく郷党の騒ぎは大した物で、其時の歓迎の国旗が彼の土橋の上にズット樹立して広野山嵐にヒラヒラと翻っていた盛んな光景が、遠い遠いお伽噺の世界を考えるに似て田鶴子の幼児の記憶から蘇る。続いて今は故人の其S子爵が始めて大臣としてのお国入の仰々しい俥《くるま》の行列。

「彼の公爵や子爵の行列は夢のようにしか覚えないが、私には澄さんのお母様のお婚礼の行列が一番印象的だったのよ。」田鶴子はそう言って改めて澄子の顔を凝視した。そして吾になくハットして驚いた。

　背のスラリと高い、何のことはない若い九條武子夫人を髣髴《ほうふつ》させる程にノーブルな美しい澄子の、黒バラの花のような瞳がジット此方を瞶めて説明を待っている。それが彼女の亡き母夫人の俤に余りにもよく肖《に》ているのを感じたからなのである。

「おばさまは母様の其時の様子を今だに覚えていらしって？」

「よく覚えていますとも、丁度澄さんの如に美しかったのです。澄さんはどうです。母様の記憶が残っていて？」

「ちっとも」

澄子の眉が急に曇る。田鶴子も少し憂鬱になって。

「でしょうとも。四つの歳だったでしょう。」

「！」

「そうそう。母様のお骨が東京から帰るとき彼の土橋の上迄来ると、澄さんが急に『東京へ帰る帰る』と駄々をこね出して、とうとう土橋の上に坐りこんで仕舞って皆を困らしたっけ。」

「まあ。そんな事があって。」

澄子は淋しく声に出して笑った。

田鶴子はふと此里の諺に

此里の婦人で美人に生るゝ者があるとキット其女の一生は不幸に終る。それは周りの山が美人を妬んで呪うから

と伝えらるゝ言葉を思い出して思わず慄然とした。

「母様さえいらしったらねえ！」

と澄子が空間を探すように目上げて呟いた。

「澄子さんの不幸の始まりだったわねえ。」

母さえ無事でいてくれたら今頃は東都の上流社界で一ばし明星と仰がるゝに何の不足もないお姫様であるのに。

「ヤッパシお山の呪詛に会ったのだねえ。」

「何を言ってらっしゃるの」

「イーエ。まんざら嘘でもなさそうよ。ほら、子爵だって。それから、彼の向うの谷から出た小宮豊隆さんだって。豊津の水野葉舟さんだって、其外男子の人では随分好男子でいて随分幸福に出世した人が多いのに、私の知っている程の人の中の女で美人で仕合せな者を一人だって知らないわ。不思議な位に。」

「私はね。おじい様さえ手放して下さりさえしたら反って幸福だと思うわ。おじい様がどうしてもお父様とこへ行かせて下さらないんだからよ。」

「それはもう、誰だってそう思いますよ。祖父様が余り盲目的の愛に溺れていらっしゃる。」

「つまり、おじい様はエゴイストよ。」

澄子は祖父が老人の一徹に彼女を寸時も手放さぬ偏愛に苦しんでいる。

「エゴイストは適中《あた》っていますね。然し、此地方人のエゴイストは殆んど一般的ですよ。上は大臣大将より下は一小作人に至る迄、とてもエゴイストのお固まり、後輩をひき立て、やるとか、同郷人の利達を図るとか、そんな風なことには非常に無神経な人達同志ばかりなのよ。」

「それも、つまり、此の美しい、妬み深い山の感化かしら。」

「ホホ……」

二人は一緒に笑い出した。

「さ『蔵詩岩』を見て来ましょう。」

舊の快活な澄子に戻った彼女は、緋房のついた鞭を揮って大きな円を空間に描き描き踵を回した。

其処から少し登ると、十坪許りの平地が有って、六尺位の高さの自然石が苔蒸すまゝに天日に曝されて立っている。

稗田の里に生れた、維新の地方的大詩人佛山先生が、景勝の此地を卜《ぼく》して、一連の詩を銘し後世に残されし所。郷党「蔵詩巌」と謂《い》い伝えている。

苔を剝いで、覚束《おぼつか》ない鑿《のみ》の跡を指頭で探って見たが終に詩の一句をも解し得なかった。

「まだ百年たゝない位でもうこんなに雨風に蝕まれる程のもろい岩じゃ、心細いのねえ。」

「だって、お祖父様達の先生でしょう。古いわけだわ。おじい様へ伺ったら此巌の詩はキットト知ってらしてよ。」

「それはもう。佛山先生の詩なら大抵暗んじてる人達がここらには幾人でも。」

「うちのお祖父様がいつでも口癖のようにお話しになる通り、佛山先生が此里の文化の源泉だってのはほんとうでしょうねえ。」

「ここらの古い人達は誰でも、澄さんとこのお祖父様でも私の父でもみんな、そんなに言われるほど、私はそうとばかりは思わないのよ。」

自然が人を生むという古い至言は誤ってはいない。三百年の昔に京の藤原某という歌人が歌行脚の道すがら景行天皇の御所ケ谷も探しあぐねて「道しるべ一声名乗れホトトギス」と呟いたのを、ふと、側で遊んでいた九歳の村童が「賤が庭にも卯の花ぞ咲く」と言下に答えて驚かしたと伝えられる吉廣翁の噺《はなし》をきく度に田鶴子は何時でも考えていた。此の地方にはキット佛山先生以前から隠れた詩人歌人が出ていたに相違ないと。

「いつか、学習院のU教授がうちに泊られた時にねえ、田鶴子さんの文才家だったも道理こんな佳い自然の懐に育ったんじゃァ、って笑われたことを覚えてよ。つまり、此里の山が人を作るんだねえ。」

「そういえばそうでしょう。どちらかといえば思想家が多いからね。葉舟。豊隆。堺利彦。この頃売出した葉山嘉樹……。」

「澄さん。大変な物識りねえ。」

「アラ。ひやかして。ひどいわ、だって私書物だけがお友達じゃなくて。」

澄子が遽《にわか》に冬空の様に硬い眼をして田鶴子を白眼《にら》んだ。

六畳一杯に作りつけられた澄子の書籍棚にギッチリ詰まった新らしい立派な書籍を、涎の垂るような思いで見とれた昨夜の自分をふと思い出して田鶴子は一種妬ましい気持さえ起り、此のプライドの高い王女の御機嫌をとるのがイヤになって

「何といっても澄さんなどまだまだなかなかの幸福者よ。馬だといえば馬。本だといえば本。写真といえば写真どんなに甘えてもお祖父様が目のないんだもの。私など、本が読みたくて読みたくて。それこそ乞食して毎日好きな本が読めるなら乞食にだってなると思った程だったの

に……。」

田鶴子は不図眼頭ににじむ涙を感じて口をつぐんだ。いろいろな心持で胸が一杯になる。

「……私は、東京に行かれたら、何にもいらぬ。本も馬もきものも……。」

「都会が何がいいものか。」

「私なんか毛虫の田舎はいやいやだわ」

いつもの癖のオスカワイルドが出そうなので慌て丶、田鶴子が機嫌をとった。

「そのうち、又出ることも出来るのよ。キット。精々、書物を読んで準備をしておいて。私もどうかして澄さんの出廬《しゅつろ》の日が一日も早く来るように祈りましょうよ。」

果して彼女の額が晴れやかに輝いた。

残暑の厳しい太陽になった日光がチリチリと肩を烙いて来てもう一時もぐずぐずしていられなくなった。アンネが待ち草疲《くたび》れたように下から嘶《いなな》く。帽子の庇から見渡す四囲の景物は赫々とした光の下でまぶしくなった。

二人は最後の一瞥を蔵詩巖に投げて静に踵をかえした。

春闌な処女の春愁《しゅんしゅう》に時折浮雲のような暗い影がさすことはあっても、此の何処迄も英傑の血をひいた、美しい賢い、明るい彼女にどうぞ山の呪いのか丶らぬようにと、田鶴子は敬虔な心持で西方逈の障子ケ岳にひそかに祈りを捧げた。

昭和二年一月（白鳥山にて）

七夕祭

七日の午後一時より女専の皆様たち、私方の庭《てい》前にて「星祭」を致しますのでいらして下さいませ。兼題《けんだい》は「七夕」……。

こんなはがきを久保より江夫人から受取ったのは、淑子と二人で汗ダクダクになって大学病院から帰って来た五日の午過ぎであった。中耳炎というなま死の蛇見た如な淑子の耳《じ》疾《しつ》は少し快くなったかと思えば又鎌首を擡《もた》げてチクチクと痛み出し、右が漸《ようよ》う全快すると左が亦《また》悪くなりしてもう月余に亘《わた》っての病院通いに母も児もヘトヘトに疲れてしまって、我家の玄関を跨《また》ぐや否や、帯も解けずに寝椅子の上に倒れ込む有様であったけれど、より江夫人の案内を断る事はとても出来なかった、おまけに前回の新三浦での「より江句文集発行記念会」の時にも、又、前々回の一方亭での会の時にも、いつもいつも子供の病気病気といって遅参の弁解ばかりしていた私であったから、又ぞろ今度も「子供が病気で……」などとは、とても気がひけて云えなかった。

然《しか》し、日中の蒸暑と湿布取替のための夜間の不眠とで、とても句作の沙汰《さた》ではなかったけれど、七日の当日は参会する心組で病院の方も少し早目に出掛けて見たが生憎《あいにく》主治医の差支えでいつもより少し余計に待たされたので、兎角《とかく》する内時間の一時はドンドン過ぎてしまって、家に帰った時にはダリアの花も日廻の花も、重たい首をグッタリと垂らして喘ぐような気を吐いている午後の日盛りの二時を過ぎた頃となった。

兎も角もと、新柳町のタクシーを飛ばして大名町の邸《やしき》へと急ぐ。車内にいても汗はジリジリと首筋といわず額といわず滲み出る。

こんな気分で「星祭」の句を案ずる自分を自分ながら滑稽に感ぜさせられる。

　梶《かじ》の葉《は》に歌屑《うたくず》もなし看護《かんご》妻《つま》　　静廼《しづの》女

句帳の端《はし》に書きつけた。

柳の大木の涼しい門前で自働車を下りると邸内は玄関迄の長い白砂の清々しい庭のそここに、ちらほらと松葉ぼたんが紅《くれない》を点じた如に真紅に燃えて居る。

　松葉《まつば》ぼたんのバラバラ赤《あか》き家なりし　　美都代

とは這《こ》の日の即景《そくけい》の佳句《かく》である。

　松葉ぼたんを摘《つみ》に来る児《こ》をなとがめそ　　より江

と嘗《かっ》ては夫人をしてホトトギスに名を成さしめた頃の此花は、門内一面玄関迄の広場を目もあ

やに埋めて紅白のあや蓆《むしろ》を思わするばかりで

　門訪へば松葉ぼたんに足場なく　　　　静廼女

と立ち往生をさせられた事もあったと思いながら玄関に入る。

紅紫《こうし》とりどりの華やかな駒下駄、さては、細い高踵《きびす》の、スッキリと水を出た青芦を思わせるような繊しい脚を連想する女靴等が、さしも広い其の土間を埋めているのに吐《と》をついて少時イ《た》っているのを早くも夫人が見つけて

「呀《あ》ッ!　いらしった!」

とにこやかに迎えて下さる。

応接室もお座敷も、雛壇をぶっかえした如な若い美しいお姫様達の群で一杯。思わず

「これは、まあ!」と嘆息《たんそく》を吐く私を顧《かえりみ》て「俳句学校の様ねぇ!」と夫人の美しい笑顔が崩れる、禅寺洞、武藤の先生の厳めしい顔も綻ぶ。

「一寸、七夕のおかざりを見て頂戴な」

と夫人に導かれて露台に出て見ると美事な七夕竹が立てられて、星の衣も数々の趣深う飾ってある。さすがに高き七夕竹を傾むく迄。

　東に七夕竹の傾むけり　　より江

　立てんとす七夕竹の重さかな　　静廼女

　女どち星の衣を裁つ夜かな　　より江

瓜バナ、をはじめくさぐさの供《そな》え物を山と積んだ紫檀の机の下には折から三時頃の陽を浴びて、より江夫人最愛の猫伯爵夫人が、のうのと体を延して華胥《かしょ》の夢の真最中。

七夕の供物が下の昼寝《ひるね》猫　　静廼女

器量よき猫を招《まね》きぬ夏木立　　叟

早速、即景のモデルとなる。

籐椅子に猫の待つなる吾家かな　　より江

窓あけて猫呼ぶ声の腫《はれ》やかな

此の猫、夫人の秀句と現われてホトトギス誌上に活躍する事、由あるかなと感心してしまった。

「もう締切ります」

という声に室内に入ると此室は嘗ってはすばらしい客室で、虚子先生と椅子を並べて御馳走になった事のある思い出深いところであるが今日は、まるで事務室そっくりの大混雑である。見れば夫人は作句はそっち退《の》けで何やら書類を封じたり上書したり女中さんに手伝わして大車輪の活動。

「何事ですの?」

呆れてる私の顔を見て笑いながら

「校正ですの。雑誌の。主人が留守ですのでまるで私は職業婦人なのよ。」

左様言われる間も手は、ベタベタと切手を貼っていられる。

「あなたも外から考えるように暢気でもないです事！」

見ている私の方ががっかりして傍の籐椅子に腰を下す。愛らしいふとんがおいてある。


籐椅子やあるじの留守の猫ぶとん　　より江

とは此の小布団に違いない。

夫君猪之吉博士外遊の留守を守って、大学の専門雑誌発行の責任から、其外一切御主人の秘書役を兼て後顧の慮《おもんばか》りを残させぬ夫人の心労も格別なものであろう。

外遊の留守の館や星祭　　雪子

一日の星祭の句会さえも何となう忙がしげに見受けられた。

ふと、足元を見ると、美しい薔薇が二枝ほど水に放ってある。

「此の薔薇は？」

「それねえ、生けていただくつもりでしたのを、どうしてもお活《い》けにならないのよ」

「惜《おし》いこと！」

「もう、小さくなってねぇ。駄目ですよ。あゝ、そうそう、彼の時はほんとうにすみませんでした」

夫人は俄《にわか》に手を止めて私を見られる。

「いいえ。丁度、どこの花屋をさがしても見つかりませんでして。赤司の廣楽園へまで電話をやりましたけれど、やっぱり、其日は駄目でしたの」
「どうも、夏の薔薇は花が短くてねぇ！」
「仕方がないので、マーケットの中に紅薔薇の小さいのがありましたので、それで我慢しましたの」

丁度六月の十三日だった、私の唯一人の級友孝子さんが、突然内務部長夫人として来福したのを知って狂喜したのは。

相離れて幾星霜、幾度か夢に入り現になつかしく恋うていた其孝子さんが、それこそ突然に栄光を負うて福岡に来られた。私は、私の歓ばしい嬉しい心を、スバラシイ薔薇の花に籠めて祝福したいと思って、あらゆる手段を講じたがどうしても手に入らぬ。思い余って終に夫人の秘蔵の花を電話にておねだりしたのであった。其事を二人は今思い出したのであった。

咲き残る真夏の薔薇の小さゝよ　より江
露の薔薇星の供物に切らせおく　静廼女

私等二人がおしゃべりをしている間に、お座敷の方では、ずんずん埒《らち》があいて、清記もすみ「選句です」と涼しい声が洩れる。行って見るとお座敷から廊下応接間迄一杯で目白押に着座している。

捥ぎ立ての林檎を見る如な、生き生きとした青春の気が一杯にあふれて芳烈《ほうれつ》な香がそぞろに私の胸を打った。

七夕や蝕ひ瓜もたてまつる　　禅寺洞

で歓声が朱唇《しゅしん》を突いてあがる。

梶の葉に君が名書かん恋まねび　　登志子

館もゆるぐ計りにどよみ崩《くず》れる。

星祭雨に籠《こも》りてひそやかに　　美都代

黒猫の甍《いらか》つたへる暑さかな　　千鶴

後れ走せに見えられた清三郎さんが旨いなあと感心していられる。優しい中にも凜とした女性の肉声を張り上げて見事に披講《ひこう》を終ったのは電灯が華やかに点いてからであった。九州帝国大学医学部外科外来部長こんないかめしい肩書を有っている其癖に大の茶目君の白虹さんに今夜のお祭を見せてあげられなかったのが残念でたまらなかった。

灯つていよよはなやぐ雛《ひな》かな

と。きっと、三嘆を惜まなかったであろうものをと私達は二人で囁《ささや》いた。夫人がもてなしのお鮨サンドウィッチに一同お腹を拵《こしら》うる間に当の夫人は八方からの短冊責め、彼の麗筆が瞬く間に四十枚五十枚と染てゆく。

私は其隙を芝生の庭に下りて、咲き更けし合歓の花の下に行って、静かに、其のスバラシイ庭を背景にして立った七夕竹の風情に心から恍惚として眺め入っていた。そして此庭がなした数々の句をボツボツと憶い浮べては会心の微笑を禁めあえなかったのであった。

杏竹桃のみにわたれる風のあり　禅寺洞
巴旦杏熟るゝより梅雨明けそめし　禅寺洞
あぢさゐの毬打ちつけし芝生哉　失　名
うつろひしダリアに雨後の日ざしかな　喜久代
くちなしの花は淋しき木の間哉　君　枝
青蔦に消えては浮ぶ蝶一つ　水沙女
よき人の髪のほつれて夏木立　淑　子
藤の蔓皆炎天へのびにけり　よし子
句座ぬけて葉桜かげの二三人　より江

どれもこれも一つとして実景ならぬはない。

七夕の空おほどかや木の間ごし　キクエ

夕映えのなごり消えゆく西の空から漸《ようよ》うに星のかげが一つ二つ微《かすか》な光を投じ始《はじめ》た。
此の時私は始めて「星祭」らしい感じをシックリと抱く事を得て少時其まゝ彳ちつくしているのであった。

（昭和三年七月十日の夜）

雪折れ笹

雪折れの音にこころをいたましむ　ゐの吉

これが、故人を悼んで下さった、ゐの吉久保博士の弔電であった。

白雪によごれしあともなかりけり　菁果

故人の純潔な性格を最もよく知って居て下さった、角菁果さんの悼句も亦《また》折《おり》から銀白の浄土世界を現出した当夜の雪の句であった。

昭和八年一月二十五日、宛《あたか》も陰暦大晦日の除夜こそは、故人が四十九歳の短い一生を終った当夜で其、最後の長い長い一息を安らかに引いてしまった十一時頃から、俄に青天よりの牡丹雪が鵞《が》毛《もう》なしてさんさんと飛下し始め、終に、彼の稀らしい大雪景とはなってしまったのであった。

除夜はいつしか過ぎて、故人が生前愛用した茶碗に残った末期の水は、やがてそのまゝ春の水となっている。

春水となりて末期の遣り水

春雪の雪折れ笹となりてけり

憶へば実に、俄なる春の雪ではあった。そして、世にも突然なる故人の死ではあった。

故人が粕屋農学校に在った短い二ヶ年余りの星霜は、まことに、故人にとっては煉獄の日夜であり其の農学校長の額帽は、刺もはげしい荊棘《いばら》の冠に過ぎなかった。

而も、故人が有《も》って居た世にも稀なる純潔と誠実と、天性の剛直素朴な精励とは、よく其の荊棘を芟《か》り煉獄を消解して、荒廃せる学校を整備し紊乱《ぶんらん》せる経営を革新し今や、漸うにして其真個の人格的存在を示さんとするの機に直面したる日に、恨ましくもポキリとたおれてしまった事は遺された者が忘るゝ能わざる最大痛事であらねばならぬ。

一片の私心なく、一抹の陰影をもとめぬ八荒清明《はっこうせいめい》な其白潔の性格を象徴した当夜の雪を無心に観ずる事が出来ず、月並とは知りつゝも
「春雪の白きよりなほ潔かりし」

と思わず吟んでしまった私である。

供華として死の枕頭に挿す世のならわしの杉の一枝にそえ、早咲きの白梅一蕾を雪あかりに手折りて北面せる枕上に供えれば、電灯を受けた杉の葉末にも、白梅の蕾にも、白蝶の如き大きな雪片がキラキラと光り輝いて、いつまでも消ゆる事がない。白雪の純真な清光と、白梅の素朴な清香とが神聖な空気をひとしお森厳《しんげん》にして故人を包んでしまった。

死ぬるならば梅の季節がいい。雪の夜いい。梅があって雪があれば更にいい、とつくづく憶

う事である。

梅花忌と称へまつりとこしへに
供華の梅白雪のまゝ手折りける
夫逝くや春の大雪ほっかりと
夫逝くと青天春の雪を降る

さるにても、脳溢血という病気位男らしい病気はあるまい。今の今迄元気に談笑して居る一個の人間を一瞬の間に斃してしまって涼しい顔をしているのが、この悪戯者である。どんな偉い学者でも偉人でも、一度、この悪戯者に見舞わるゝが最後、よしんば生命を拾っても、それこそ、生ける屍同然の人が大多数であろう。

梅を見る瞳の見ゆるやと見えずやと

たよりない。といえばこれ程たよりない介抱はない。武谷博士が寒い風雨を冒して、ぬけられぬ宴会を無理に失敬して、夜の遠路を福岡からここ迄来診して下さいましたよ。と言って見ても、それがわかったやら、分らぬやら。

その代りに、大きな注射針を幾本突ったてても、眉一つ動かすでもない。快よげに鼾声を挙げて眠るばかり。

溢血の頭ぞ横たはる冬氷

一体、脳溢血という病気は随分古来から存在し、随分、多くの人がこれで斃れているらしいと思わるゝが、私の今度の悲しい経験より考察するに、今日の如く医学の進歩せる時代であるにも拘らず、この脳溢血に対する対症療法には尚、より多くの研究余地が残されて居ると、つらつら感じる事ではある。第一、脳出血の患部が的確に分らぬ。

もし、今、何処から出血して居る。という確実な診断が出来て、其の患部を迅速に切開し其血管を処置する事が可能だったら。

と、こう前提して見ると、いろいろな研究主題がそこから生れるのではあるまいか。

つぎに、この患者に対する栄養供給法の研究。これが不充分ではあるまいか。

今日現在行われて居る葡萄糖の腸注入や皮下注射より以外に、尚、一歩進めて外科的手術による食道よりの摂食法がありそうなものだと思う。

彼の、この患者をよく悩ます執拗な噦の一大原因は慥《たしか》に、胃中食物の欠乏に原因すると私は考えた。脳溢血の患者で昏睡に陥れる者に完全に食道より食物を供給せしめ得る方法を考究し得るに於ては、慥に、より多くの溢血患者は救わるゝに相違ない。

　これは私が今度の悲しい看護漫感録中の重要なる一項である。

　遮莫《さもあらばあれ》矣！。

後に遺された者の悲哀は惨めなものではあるが、然し乍ら、脳溢血で生命を終り得る人は慥に神の寵児と称すべきであろう。

苦痛のかげもなく大往生の死相は宛然《さながら》「仏」の俤《おもかげ》である。

湯婆をとればすなはち御仏

納棺には、故人が生前最も心胆を砕いて経営し、又、愛育して居た温室の鉢花を以て遺骸を埋める事とした。

「温室の花なら、県下、どの農学校にも劣らないぞ！」

とは、嘗て自賛という事をした例のない、故人唯一の自賛言であった。

苦心の草花がらんまんとして咲き誇って居るのを摘んで骸を覆う。感慨胸に迫らざるを得ぬものがあった。

フリージヤとさくら草と御なきがらと

温室咲きのシネラリヤをもて埋めまつる

粕屋郡農会長安武氏は、故人今回の急逝を非常に悼まれて故人の葬儀が校葬と決定するや、葬費として群農会の公金を多額支出され、又郡内町村長の方々を始め教育会、学校、諸公団体の諸彦より非常に深厚なる同情を賜わり、身に余る盛葬を挙行することが出来た。殊に、県当局よりの絶大なる芳情、遠くは文部省の顕官、全国高農校長、九大の諸教授の懇切な弔慰等、故人霊あらば流涕《りゅうてい》して感泣《かんきゅう》した事であろう。

講堂の寒さの中の人いきれ

梅が香や知事の弔詞の高からず

雪天を衝いて弔電二百通

それについて私は思う事がある。嘗て三宅やす子さんが夫君恒方博士を失って学界の讃辞が翕然《きゆうぜん》と故博士の骸に捧げられた時

「あの、正直者の三宅の生前に、今のこの讃め言の千分の一でも、たった一言でも、きかせたかった……」

といったやす子さんの、その心情に私は始めて切実な同情の涙をそゝぐ資格を得たとしみじみと感じた事であった。

まことに、我が故人の戴いて居た不幸な冠の棘を、かくも盛大に清算し得たこの葬送こそは、悲しくもあきらめ得られぬ遺族の恨事である。

それにしても、故人の教え児であった福農出身の人々の涙ぐましい好意。生前交友の諸氏の熱烈な温情。さては粕屋農学校を挙げこの深甚なる奔走の厚情は、私共が終生忘る可からざる追憶の扉の中の王座である。

あちこちと湯婆《たんぽ》を借集め来て。

みぞるゝや夜更けてまかる通夜の友

とぼしらの布団にあるや通夜の友

遺骨を奉じて住みなれし校内を去った日は春日うららとした二月二十一日であった。

校門は既に霞みて居たりけり

通ひ路の茶の花道をかくて行く

◎

春吉の寓居に自動車がはいらず、途中で下車せざるを得なくなった私の前に、今年七十一になった老母が涙を浮かべてつめ寄った。

「荷物が家にいりきれぬ!?」と。故人清廉にして名利に疎く、私は悪妻にして理財の道を知らず。老母に悲嘆をかくること、断腸とはこんなことに違いあるまいと思った。

　貧乏と子が遺るのみ梅の春

◎

　「右の手をやられた」と言とはに絶ゆ

これが一月十七日午後五時半。

浴室での、この、故人の悲痛な声を聞いた瞬間からキリキリと緊張した私の神経が、漸く四十九日も過ぎた此頃に至って、ずんずんゆるんで来た。

まるで、提琴の絃の点子を解くようにずんずんずんずんとゆるんで来た。死の刹那にも、葬送の日にも、こらえこらえて来た涙が一日一日と流れ出るようになって来た。

まるで、氷塊に熱湯をそゝぐようにも涙がとめ度なく流るゝ日が多くなって来た。

故人に対する追想の涙をしみじみと味わう日が、私に、来つゝある。

春暁を指《し》鬘外《まんげ》道《どう》と化り来れ矣

児童図書館の諸問題

一、児童図書館に対する概感

今日の如く公共図書館の機能に関する認識が、主観的にも客観的にも非常に拡充せられて来て、積極的に社会教育、成人教育の主要なる機構中への存在へと進出し、且つ、それが既に言論研究の域を蟬脱《せんだつ》して、着々と現実行動を効果しつゝあるの状態であるのにも拘らず、或る意味に於ては、其の成人教育の基礎をなし、事実社会的に其の接触面に於て剴切《かいせつ》なる存在であるところの児童図書館に関しての研究及び行動に至っては、尚貧弱と称するの外ない現状であるという事は相当考慮せられねばならぬ事であるべきものに相違あるまい。

現在、吾国での公共図書館附属児童図書館研究に関する、権威ある文献を求めようとしても、尠《すくな》い。纔に一二ある事はあっても、主として外国の翻訳紹介等が主であって、真に、日本の現実社会に即応し、日本的体験の業績より組織せる理論の上より来た研究ではないものであるから、参考資料としての価値は若干あることはあっても、権威とすべく不充分といわねばならぬと思う。勿論、吾国公共図書館の普及発達は、未だ極めて若い歴史をしかもたぬのであるから、従って、世界的にも、公共図書館に附随的発達を経路して来た児童図書館が雁行の状態にあるのは、寧ろ、当然のことに属すべきではあるが、然し、僅々、半世紀にも充たぬ短年月の間に、十五万冊の蔵書を備附し、L.E.Stearns女史の如き篤学の研究家を出せる米国紐育の児童図書館界を窺う時吾々直接図書館に関係ある者にとりては、近き将来に於て、どうしても、吾々の手によって、完全なる児童図書館研究の体系を完成させねばうそであるという衝撃を受けないわけにはゆかぬ。若い米国に比して遥に老成国である英国などでは、既に、二十世紀の頭首に在って、七百万冊の児童図書を擁し、数多の優秀なる文献を発表せる実際家を出すなど、流石に、至らざるなき統制を有っているのであって、此点は慥に範とするに足るものである。尤も、吾国に於ても児童教育に直接関係ある学校教育家の手によって経営せられつゝある学校附属図書館は、稍々《やや》統制ある研究をなしつゝあるものもあるようであるけれども、而し児童図書館研究の問題は、実に図書館そのものが学校教育以後の重要問題であるより以上に、より重要な学校教育以前の問題であらねばならぬから、どうしても実際家の等閑に附す事の不可能な事実である。

　児童心理学、教育、社会学等の高遠なる理論を経とし、尊き実験を緯とし、国情に即した、明日の輝かしい児童図書館の理想的建設こそ今日の図書館従事者に課せられた緊要なる課題であろう。

　上述の如き信念の下に、筆者は、鋭意児童図書館の諸々の研究事項の探究に専念しつゝある者であるが、然し、何事もそうであるように、理論と実践との間に生ずるギャップが、いつでも、吾々実際家を惨酷に突きのめす。事実、実際行動を不可能とする理想案も、理想を歪曲せる実際案も、どちらも其不完全であるという点に於ては同義語である筈であろうから、たゞ、このギャップを幾分かでもより最小に救って呉れる道は、各方面の善意ある協力と理会とを必要とするという事は、独り児童図書館の問題に限られた事ではないという事も、勿論、言う迄もない事である。

次に、現代の社会では、個人の力では非常に不能率的な事でも集団の共同作業を藉れば、メキメキと効果を挙げ得らるゝ事が多い。児童図書館の問題も、体系あり統制ある学究的研究を完成せしむるためには、先ず、最も重要なる実際家の体験を基礎とした、正確なる諸々の統計的記録を必要とせぬわけには行かぬ。此意味に於て、各図書館実際家は、忠実に熱心に正確に日々の記録を整理する事は必要中の必要事である。吾々は、日々、一個の捨石を提供する覚悟で児童図書館の研究に専念し、基礎工事に貢献するところあらねばならぬ。次に、記述する一文も畢竟、一捨石に外ならぬ、小手記の点録ではあるが、世の児童図書館に関心を有たるゝ人々への、ささやかな花束としての贈りものとしたい。

二、児童図書選択のことども

図書選択の問題は、所謂、最初にして最後の問題である事だけに、其の理論構成に至っては、あらゆる角度から探究せられ、今日、図書館に関係ある人々の頭には、其の理論はもはや、常識としての存在でしか有り得ないのではあるが、然し、実際問題としては、尚不可分の問題で、且つ、これは永久に新らしい問題であると思う。殊に、図書館の存在使命の一重要性として、出版図書の良書指揚、悪書排滅の指導的立場が樹立せらるゝに至った今日では、益々、実際行動の難関は高くなるわけである。であるから、此の問題に関することでは、書き過ぎるということは絶対になく、何人が何処で何度論じようとも、常に新鮮な実際論である筈である。

既に、彼の有名な英国の図書館学者セイアース氏が創めた、優良なる児童愛読書の摘示、吾国図書館界の権威今澤慈海氏の同じき企て、或は、各都市公共図書館が発表するこの種の報告的統計等々有るには有るけれども、前にも述べし如く、いくら有っても尚充分といえないのが此の問題の検討である。

さて、児童図書選択上の一般の抽象理論としては既に従来屢々唱導せらるゝ如く、児童の心理に適応し、心性を適常に助長発展せしむるもの、健全なる人生観の保全、上品にして文学的なること、内容の質樸、簡素、真実、形式の、緊張せる描写、適確なる意味、急速なるテンポ、統一あること、極端でないこと、印刷の鮮明、用紙の精良、挿絵の優良、製本の堅牢、等が挙げられ、尚、選択上の注意としては、個人的特殊性癖より来る選択を排し、一般的なること、童話伝記等を除き最新刊のものたること、独案内顧を備えざること、需要多き図書は部数を多く備え、頁数の余り多からぬこと、（以上、今澤慈海氏、図書館経営の理論及び実際参照）等が普通の常識であるらしい。

之に就ては、筆者は少し特異の意見を抱いている者である。即ち、公共図書館は学校図書館と異り、図書の選択は能う限り自由で広義で、多角形でなければならぬと思う。元より、猥稚野卑なる所謂不良図書は断乎として排撃せなくてはならぬこと勿論であるが、然し、現今の新しい、形態心理学者等によりて唱えらるゝが如く、従来は余りに児童を甘く見すぎて居たという嫌いがなかったであろうか。少くとも、特殊な天才児童を忘れて居るということは、前述の今澤氏の言に見るも確実である。既に、吾々の屢々経験する如く、優秀なる天才家たちが、其幼少時に接した卓越せる優良図書によりて得た感銘の深さ、効果の絶大さ、そういうことを考うる時、公共児童図書館は、千人の凡庸児に対する一人の異常児のためにも大いなる手を拡げてやるべきであると思う。殊に、今日の如く、多くの公共図書館が児童の入館を拒否するという事情下に於て、このことは、再考せらるべき一つの問題である筈と思わるゝ。せめては、純文学の部門の選択だけでも、今少し視角を拡大してほしいものであると、痛切に感ずる事である。（中略）

次に、国民性を強調せるもの、即ち、日本国的意識の満溢せるものを選ぶ、という一項も新しく加えたい。殊に、日本を語る古典、たとえば、古事記、日本書紀、万葉集、源氏物語、或は神皇正統記（略）等は、読ましむるという事は措いて、見せしむるためにのみにも必要である。（以下略）

Ⅱ　竹下龍骨

竹下龍骨（たけした・りゅうこつ）

本名吉仁（吉信）。大正三（一九一四）年一〇月二〇日〜昭和二〇（一九四五）年八月六日。

竹下伴蔵・しづの女の長男として出生。幼少より俳句をはじめる。旧制福岡高等学校文科独類を経て、九州帝国大学農学部林学科卒業。後、同学部研究室副手となる。後、大学院に進学。高等学校在籍中に、「高等学校俳句連盟」（のちの学生俳句連盟）の設立を企画し、一二年、機関誌「成層圏」を創刊。一六年五月まで一五冊を刊行する。学生俳句連盟の活動は全国に広がり、会員には金子兜太、瀬田貞二、矢山哲治らが参加した。

俳句

（「成層圏」）

『成層圏』第一号

柊に階段白き層なして

銀皿に小鳥の声を盛つて来る

回転扉黄金《きん》文字Cafeと読ます

回転扉黄金の鋲列もてり押す

回転扉ギイとボーイは低頭す

ビル聳てり人の深〔ママ〕れを回らせて

ビル聳てり窓を少く穿ちつゝ

をとこをんな子供の毛糸赤と白

車掌あはれ切符切りつゝ吾と揺る

地蜂や農夫匍伏して下肥す

人糞や菜の花道は細かりき

菜の花に地蜂の空の青かりし

牛車農夫の円き背より来る

『成層圏』第二号

裸女彫りし青銅の壺《コ》に黄バラ挿す

青銅の壺の裸女の肩黄バラ匂ふ

裸女が抱く青銅の壺に黄バラ濃し

黄バラ濃し裸女腰細く壺に彫《エ》〔ママ〕りぬ

黄バラ濃し裸女の黒髪壺を捲き

あやめさきつちのにほひをはなとせり

あやめさきみづはにごれり泥《ヒヂ》よりも

あやめさきうすむらさきをなびかしむ

『成層圏』第三号

童心

幼きは桃太郎読み桃太る

桃太りコンコン狐眠たい瞳

桃太り猿蟹合戦涯しなく

梅雨

梅雨の夜をニュース映画に来て孤独

梅雨の夜を知らぬ女と顔合わす

防塁懐古

防塁灼け潮は耳より湧き来る

防塁眠り蒙古は亡び砂灼きぬ

跪き防塁の砂に灼けきのみ

夏芝や小さき石は夜ふゆる

夏芝に石は石載せじつと棲む

梅雨の夜を仕事それぞれ灯をもてり

夜の精霊草の匂となりて来る

夜の精霊人臭よりも生ぐさし

夜の精霊杜に唖声を響かしむ

『成層圏』第四号

秋風に己の顔が憎くなる

寂光に落葉と合す掌温かや

枯木より秋の微光が生れたのし

展望台秋の潮にかこまれぬ

葉鶏頭にテーブル白きぺんき塗られ

『成層圏』第二巻第一号

地主のなげき

小作米負けねば押しかけてくるぞ

俺が作る米只で上納はせぬ
俺がする小作だ誰にも渡さうか
俺の目の黒いうち小作は渡さんぞ
稲田埋め医院美しく開業す
紙幣と吾と診療室に秋暮れて
菊鵯いろ診療の院長だまり
渡さる、処方一枚秋の暮
医院羨し自家自動車に菊挿して

寒紅のデパート娘は痩せて行く
寒紅のデパート娘の腕黄く
香料品デパート娘は冴えゐる

『成層圏』第二巻 第二号

凶作
稲芽吹く腹で地団駄を踏んでゐる

阿蘇採鉱所
噴煙きぬ採鉱夫見守《マモ》る眼を奪ふ
採鉱夫火口下れば咳くとみゆ
採鉱夫見守る眼に噴煙いたくしむ

黄なる帽戴きて硫黄噴くを採る

噴煙襲ひ採鉱夫蠢きて消ゆる

採鉱夫マスクせず噴煙を下る

火口晴れ採鉱夫の声とゞかざる

噴煙は風に乗り採鉱夫かき消えぬ

採鉱夫のゆくて火口池横たはり

採鉱夫火口下る顔見んと欲す

採鉱夫火口に下りき汗を拭かず

採鉱夫背なる俵に硫黄詰む

採鉱夫火口へ下る熔《ラ》岩《バ》のみち

噴煙は侏儒の採鉱夫に聳ゆ

採鉱夫噴煙に青服を精《しら》げらる

採鉱夫噴煙隠り魁攀づる

採鉱夫下りたり噴煙鼻を削ぐ

火口玄し採鉱夫蠢く白となる

火口玄し天日は採鉱夫を照らす

噴煙に天日熔岩《ラバ》の色となる

『成層圏』第二巻 第三号

埴輪

この埴輪笑めるがごとし首欠きぬ

乳房もつ埴輪ある廊に凍え立つ

剣腰に埴輪スチームのある部屋に

冬の廊埴輪に満ちる日のにほひ

千田大佐文化講義

空中戦

ふり仰ぐ飛行目鏡を襲ひくる

燭返し機銃ぴたりと尾翼追ふ

機銃射つ敵機にのけぞり打俯しぬ

巴戦漢口上空に射ち墜す

空襲

風切るは翼、機銃弾ならず

飛行服を風に裂かるゝまで飛びぬ

片舷となり敵地を後にする

いつまでも日の丸ふりゆき自爆とぞ

爆撃へゆきその日かへらず待ちぬ

指揮官機かへりぬ編隊をなさず

片翼帰遅

翼折れぬ錐もみ太く降り始む

片翼をはげますに発動機しぼる

撃墜すしかれども己れ翼くだく

着陸す片翼パサと地に伏する

白き茶房（六月十四日小会）

ジャズ湧きぬ白き送風くるところ

女声合唱レコード黒し百合白し

『成層圏』第二巻 第四号

原生林

ぶゆ襲ひ羊歯鬱々と胞子撒く

地の苔朽木の壊えしぶゆを噴き

ぶゆ湧きぬ苔青々と地の被ひ

奥へ奥へ巨樹を導く羊歯黄光

樹冠洩る光苔貫く巨樹の壁

尼港紀念像

ひつそりと歎きの女神群立す

炎帝に女神の歎き露はにも

炎帝に女神の腕の秤正し

雷と罪

監房に雷鳴を聴く耳がある

監房に石廊雷鳴を転がする

『成層圏』第三巻 第一号

学士となりぬ黒松の幹に身を支ふ

処女林

分け行けば樹々に秘む墓の静けさ

醒むるなき樹々に苔肌は親し

樹皮壊えひとの過ぎ去る待つ如し

ざわざわと葉鳴り小鳥の鳴き出づる

大学の冬

製図室寒し松風ほそぼそと

数式を砂に残し冬の日と去りし

書淫の目松かさ白き砂に載る

つひにひとり銀杏落葉に立つてゐし

空蟬を汝と語らんか冬一夜

冬の灯の講義と分れ松ふぐり

実験の病鶏と冬日に暖たまる

硝酸を顔に浴びし師よ葛も散る
兵還らず銀杏に倚れば銀杏散る
兵送る踏切桑畑桑も散り
心晴れ近づく河に秋の虹
生きてゆく淋しき冬の夜ぞ重ぬ
冬の灯を点し人語のごと汽笛

『成層圏』第三巻第二号

青く貴き林檎を獲んと税払ひ来し
青林檎四顆抱き税の重き言はず
つはものへ贈る税なり青林檎に払ひし
青林檎喰ひたゝかひのいたつきにな負けそ
税払ひ得し青林檎食後によ剝け
青林檎四ツ切りにし税の貴さを思ふ
青林檎喰ひ読めり砲人泥海渡るを
傷つきて白衣も良しや木々芽ぐむ
白衣遅歩春の都人の織る曼荼羅

老楠の芽天覆ひ傷兵に翳す

大学演習林火事

山火事とをらび田の畦かけり消ゆ

松林めらめらと焼け山坂に息はづむ

山坂攀ぢ耳裂きて竹林火にはぜる

山火事の人夫を指揮し笹刈りゆく

刈り刈れど笹尽きず山火身に迫る

笹握み笹に伸ぶ山火の舌見詰む

消せ消せと声からす青笹焼けてゆく

山桃を伐り武器とし山火にかざす

かつと吐く山火の熱思はずたぢたぢと崖に

笹に斬る指憶えず山火の煙を逃る

山桃振ひ焼け倒れゆく笹藪に入る

身の高さ山火の柱熱目を刺す

松の巨体焼けゆくにたうらうの斧を牛に

山火事の煙くぐりて老杣と遭ふ

山火叩く山桃の枝足よろめく

山桃の枝打ち下ろす山火の粉を浴ぶる

糞と唇を囓み山火を叩く山桃をかざす

『成層圏』第三巻 第三号

頭上《未明》なる旱雲暁光の紅を染む

旱の未明胎内のあが意識に似たる

舟虫に草鳴る旱り未明ゆく

海崖の吾れ神となり地球光らしむ

旱雲泛べりコーランの文字のごと

梅雨ちかしをちの窓辺に立つ女

市中明《あさけ》け女骨盤高く水撒く

旱の未明みゝずにたかる蟻と遭ふ

未明の海藻黒し舟虫らむさぼれる

疫病来り街山桃売りに満つ

田に尿《農魂》る田植え女の腰かゞめ

旱天に田植え女杭のごと灼かる

田植え女の額に母の陰感ず

田植え女腿白し畦を吹く風に

田植え女歌はず既に旱魃に近し

『成層圏』第三巻 第四号

鬼龍子集（朝鮮の旅より）

廃宮の秋天現ずるは鬼龍子

金線なり秋陽鬼龍子に微塵

秋空に鬼龍子尺取虫真似て

廃宮や鬼龍子に秋の雲漂よひ

鬼龍子に秋日が落す吾の影

金龍集
——徳寿宮其の他——

金龍の争ふ玉に薄ら日が

御座空し衝立に螺鈿の菊の弁

白鶴の屏風四隅に殿暗し

天井を金龍が埋む殿の秋

薄ら日に金繍の李花御座にあり

李花御座に日月左右に殿広し

薄ら日に金龍の背の鱗光り

殿籠る金龍の日秋水の色

高麗障子閉めて仁塗の殿柱

睡蓮に青羅の高麗の乙女くる

碧の巌御座の背屏風に殿の秋

――昌徳宮秘苑――

秘苑たぬしシンパクの枝栗鼠遊ぶ

秘苑の松おほむね枯れて秋暑し

秘苑の秋コノテガシハに葛からむ

栗鼠降りて松葉枯葉を踏むところ

古城の壁葛にかくれて栗鼠あまた

睡蓮に石造殿の窓下す

落魄の玉宮に燃ゆ葉鶏頭

青芝を前に真紅の葉鶏頭

――経学院廟にて――

薄ら日の棚に舞楽の布の靴

磬響き格子障子の白きあり

『成層圏』第四号 第一号

手術以後

はかなけれ枯葉の如く仰臥せる

男笑ひ女笑ひ男笑ひ病窓の冬木

プラタナス病院の窓に枝切られ

如月の陽と言はむには華やげる

二月ぬくし附添婦の紀元奉祝歌

仰臥日記

林檎剝く注射に腕のしびれゐし

顔いろ黄と診療簿に記し二月医師

附替の激痛冬木の枝ひろがる

傷鈍痛ザボン小児頭大に

夕粥や毛皮して見舞に見えし

へんぽんと冬木の上夕食時の雲

病室の掃除怠らず寒雀

夜警の鍵冴えかへるをきゝ寝入る

カーネーション赤し髪解く看護の母

雲散れり二月の水に薬とかし

回診あり二月青空窓の上部

スチーム夜半絶え夢を見る多し

春霧れる胸に湿布のあるまゝに

医員若しドアに群れ春光せきとゞめ

赤鬼の面うづたかし冬埃

『成層圏』第四巻 第二号

入湯記
浴泉に溶けよとばかり裸なる

青鶴見浴泉小さく湧きにけり

銀雲に山萩に浴泉出でゝより

夏雲を率て浴泉の絶ゆるなき

由布青し浴泉に抱く膝頭

入湯記
跛来て並びぬ浴泉の夏の午後

松葉杖浴泉のタイルに固く鳴る

泉室の白昼裸の皮膚たゞれ

泉室へくるまに運ばるゝ裸

浴泉に彼レウマチスの足を揉む

青由布に堰かれて険し雲の峰

混凝土に夏暑き蟻も影せり

バット、チェリー慰問煙草や蟬時雨

外国の論文を読む夏蟬をふりかぶり

指のごとく雲を拡げて台風来

飲まざればグラスに碧しソーダ水

『成層圏』第十五冊

凍む夜掌に支那の女の抗戦書

氷柱獲ず此の冬の子の幸薄し

事変手記彼此相似たり冬ぬくし

北風に松を壁とし隠り棲む

学友の戦死無念の年暮るゝ

実南天史書に争ふ儒仏の徒

泥と血の事変記鳶の曲《わ》北窓に

梅干と粥の当分冬ぬくし

終着の蛇ともならず冬籠

退院ならず枯芝の日が恋ひし

俳論

俳句の根本問題

俳句として認識せられたる文学形式を純粋なる論究の対照とするとき、最初に採りあげらるべき問題は十七音の規範性の問題であろう。十七音は果して規範性を有するべきであるか、此の問題は季の問題と共に俳句の根本問題の双璧たるを失わぬ、其の為に幾多の論者により色々討論され、又破調も実践された事実は疑うべくもない。五七五調と十七音の問題は内的連関により存在するものであり、破調の実践及存在は確かに十七音の規範性を否定する。斯くて十七音の規範性は俳句の本質よりして、一応棄却せらるべきである。

次に季の存在の拘束性は果して俳句の本質的な与件であるか。然りとすれば無季句の存在は如何に解決せらるべきであろうか、無季句を俳句に算入しない場合の不合理、不便利を従来の俳句運動に体験した例は夥しきものがあるであろう。依って季の拘束性は決して俳句に本質的ではないとの断定が下し得られるのである。斯くてなお俳句に残存している性質は窮極的なもの、即ち最短詩たるべき要請である。換言すると、俳句文学に本質的な性質は最短詩たるべき当為である。（此場合詩とは形式的に解し、韻律と同意義に用うる）

此の当為より出発し俳句の本質観から俳句を観察する事が俳句の根本問題でなくてはならない。最短詩と云うも、此の用語は単に概念的に用いられたるに過ぎない。

如何なる文学も夫々己れの形式に随伴する感動の持続時間を有すべきである。然も夫々の感動は質的に区別あり決して混淆《こんこう》すべきではないのである。此の区別こそは夫々の文学が自己に独特の領域を以て対抗し得る要件なのである。

依って最短詩としての俳句文学が如何にすれば他の文学に対抗出来得る丈の感動持続時間を保持する事が出来たかと云う問題の研究こそ、俳句の本質を決定する〔も〕のでなくてはならない。今注意しなくてはならぬ事は、俳句と連作俳句の関係である。両者は、内容上より観察する時、単元的に与えられる感動は多元的に与えられる感動により置き換えられ全々別箇の取扱を要するのである。

此の理論により連作俳句は明らかに単作俳句とは別箇の範疇に容れて考えられねばならない。斯くして、今や単作俳句が文学として独立、対抗し得る為満足せらるべき要件が論究せられねばならなくなったのである。

優れた俳句とは、作品の有する客観的評価によりて与えらるべきであり、此の客観性は、作品に内存する美の意識に誘発せらるゝ感動に淵源《えんげん》して居る。

作品の感動は作者の美意識と、鑑賞家のそれとの同調によりて惹起せられ、問題を作者に限定する場合、感動に刺戟すべき条件が更に考察せられねばならぬ、此の条件は素朴に申せば作者の精神と表現の問題に分析せらるゝ。処が精神は芸術的天性に関連し、純粋に主観的な従って個々の作品に当りて解剖さるべきである。（但し単に表現のみ採り上げらるべきではなく、比較的な問題である）

　俳句文学が他の文学と対抗して独立の地歩を占むる為には、独特の感動持続時間を有する必要がある。然も此の感動持続時間が長ければ長い丈文学としての生命も長い訳であるが此の必要条件と前述の俳句の要請と明らかに矛盾するのである。此の故に二つの条件が如何に調和せらるゝやが前述の要件を満足せしむる為の鍵でなければならないのである。

　感動を出来る丈深く広く惹起するためには表現は思い切って自由且大胆でなくてはならぬ此の為に十七音の障へは脆くも破れるに到ったのである。だが同時に第一の条件即最短詩の要請は第一の条件を恣意に充たす事を妨げている。此の相剋する要件を同時に満足せしむるために季の問題が反省されねばならない。季は無意義に俳句と結合したものではないのである。季は比喩的に申せば俳句の索引であり、隠語である。隠語が突飛《とつぴ》であるなら、術語でも良い、要は専門の科学に専門語の必要である如く俳句の社会には隠語従って季語の存在は必要なのであるが、だからと云って季語の存在と季の拘束を同一視する訳には行かない。其の訳は季が感動の問題と結んで同時に最短詩の要請を充足する為の暫定的なものである故に決して絶対的な拘束性を主張出来ないのである。だが季が俳句に導入されるに到りたる理由を詳しく考察する時換言すると俳句の本質より季を眺むればさっきの鍵は朧げながらも輪廓が明瞭にせらるゝ如くである。

季の本質は何であろう、結論を先きにすれば季は象徴の精神の具現である。季が象徴の精神の具現として俳句と結合するに到りたる事が俳句を象徴の文学として独立のものたらしめた訳であって、俳句自身は何等の意義なき最短詩の要請たるに止まっているのである。

斯かる理論に於て、季の果す役目は大である。故に新興俳句と称せらるゝ傾向が若しも季を其の拡充に飽き足らず、揚棄したならば、又其の季の揚棄が単なる自由意思の発現と見らるゝならば、季を毒するの大なるを思うべきである。季は説明を防ぐために用いられている。そして説明の文学即ち叙事の文学に対抗して俳句が抒情の文学たるべき宿命が最短詩形の要請に発し同時に抒情の文学たり得るために俳句は季と云う媒介を通じて象徴の精神と結合している訳である。誓子的に申せば象徴は幅跳であり説明は三段跳である。

斯の如き理論に依りて始めて新興俳句が無季の句を採用するに到りたる過程が合理的に論証せらるゝであろう。即ち、新興俳句が季と云う媒介を飛び越して直接に象徴の精神と結合するに到りたる過程を、

一言に云えば俳句は象徴の文学として季と結合し、更に象徴の文学として季を揚棄した事となるのである。

此の故に俳句は象徴の文学として独立の文学たり得るのであって其処に幾多の無理の存在する事実が指摘せらるゝ。（例えば形式と内容の問題）

此の無理の存在は簡単に解決せらるべきではなく、そこを簡単に割り切らんとした所に自由律と俳句の分岐点が存在するのである。

此処で始めて五七五調と最短詩の要請との問題が解決せらるべき事となったのである。

俳句に最短詩形たるべき要請の存在は、直ちに俳句に或拘束性を認める事となる。此の拘束を破らんとする点に於て自由律と俳句とは別箇の範疇に入れらるべきである。

五七五調の理念につきもはや今日添加すべき問題もない程研究されている。但注意しなくてはならぬ事は五七五調を俳句に本質的なりと考える事であり、其の結果五七五調を基準律とする如き誤謬が堂々と発表され、俳壇人にどれ位批判性がないかを証明している。最短詩の要請と五七五調は厳密に区別されねばならぬ。此の論では其の解決に迄筆を及ぼす余裕はない、唯五七五調の理念を明らかにし、俳句と結合するに到りたる根拠を明らめれば充分である。

五、七、五調の本質は三音節にあると認められるのが通説のようである。俳句が詩である事、従って、韻律を有すべきである事等につき深くは述べない。唯三音節の有する安定感は否定出来ぬ事実である。其の他回帰性とか、屈動性とかは特に述べる必要もないであらう。

だが俳句に内在する無理は無視せられない。俳句は五、七、五調を採用しながらも無理に苦悶する文学である。そしてそれが又俳句の魅力となっている。

芭蕉

その一

芭蕉、西鶴、近松はわが国元禄文芸の三鼎《さんてい》を形造っている。たゞ西鶴、近松が義理人情の世界に取材したのに比して、芭蕉は自然を友として、之に取材した点が異っている。併し芭蕉がひとり斯の様に反時代的な芸術境を建設し得たのは果して如何なる理由に基いたのであったか。そして又芭蕉その人の個性は如何に考えられねばならなかったであろう。けだしジンメルがフイヒテの語った言葉、その人が如何なる哲学を選ぶかは、彼がいかなる人間であるかにかゝっているを引用したと同様にわれわれは又芸術家が如何なる芸術をもつかはその者の個性にかゝっていると称し得るであろう。

芭蕉の芸術を理解するには、先ずその生涯を理解しなければならない。その生涯はまことに「俳諧のまともな人生の深みから湧いて来る美があること（1）」を悟らしめてくれる。しかしその反面に於てその美は時代の煙霧の裡に朧となり、加えるに俳諧の王国はその憲法を遵守しない人に入る事を拒んでいる。われわれは先ず切符を手にしなければならなかった。此の切符は俳諧的連想法であり、俳諧の味解法である。ゲーテはエッケルマンに詩に日附を附す事及び即興的作詩を推賞している。芭蕉の俳諧は総て日附を附され、又即興詩でもあった。此の事から芭蕉の俳諧は、先ずわれわれ自身が芭蕉に為り切らねば味えない。此の条件を見失わないならば、「芭蕉の発句に独立性の稀薄なものが多い」などの見当違いの批難をする必要はないのである。ジンメルが「芸術においては作品を心のうちに追創作して、それを理解することによって実に始めて芸術への長い献身的な求愛が報いられる」[2]と述べたのも亦同様な敷衍である。

（1）阿部次郎　俳諧と人生　俳研―第一巻第一号八頁―

（2）ジンメル　哲学の根本問題　五頁（岩波版）

芭蕉の生涯は全く「一生をかけた心境の開拓とこの心境の全人格的表現としての」[1]俳諧への献身に満ちている。その美はプラトンのイデヤに比すべき啓示である。われわれが芭蕉の芸術を愛するのはそれがわれわれの人生を深い生の根底から流れ出る泉のその源に導きより高いものへの歓喜に駆り立てるからである。併し芭蕉の断くも深く厳かな境地も詳しく眺めれば決して固定的ではなく、常に流動する発展の形式に於てゞある。芭蕉の俳諧はその一つ一つがその個性の裏うちに於て理解される。数学的表現を用うれば、芭蕉の俳諧$a_1 a_2 a_3$……の系列には必ずその心境$a' a'' a'''$……なる系列が相応じその各項は動す事の出来ぬ発展的段階を示している。

一般に芭蕉の俳諧は余りに風雅の世界に於て価値判断を受けそれに到達するために経過せぬ訳に行かなかった各段階の芭蕉は不当に蔑視された。われわれの立場よりすれば蕉風は必ずしも最高目標と見做す訳には行かない。

　われわれに取っては芭蕉の全生涯がそれである。西行的遁走をなし、侘びの玉座を占める芭蕉を今その蕉風的転回に於て観察すれば、諦観的と云うより寧ろ著るしく実践的、行動的な諸点に気付くであろう。

　此の点は蕉風的転回以前すなわち貝おほひ的芭蕉に於ても同様な、「慟哭に初まって、その激しい身振を以て英風を露出してかき展かねばならなかった芭蕉の詩的精神の現われ[2]」に外ならぬ、どん底まで徹底せねば止まぬと云った激情の精神に外ならない。アウフクレールング時代に於て自由精神の救済を目的としたロマン派の文学的精神は又精神の自由を俳諧に吹き込んだ芭蕉の精神であろう。

　芭蕉の生涯を観察してわれわれは三期を認め得よう。初期に於て之を貝おほひ的芭蕉とすれば、寛文七年より延宝八年の約十四年間が之に当り、転回期を虚栗的芭蕉とすれば天和年間の約三年間、蕉風期をそれ以後元禄七年に到る十一年間がそれにあてられる。

　しかして芭蕉が談林風の俳諧を打破して蕉風確立に到る蕉門の運動は転回期を通じ約十四年間すべてロマン的精神の表われに外ならぬはない。さきにも述べた様にわれわれにとっては貝おほひ的芭蕉も、虚栗《みなしぐり》的それも、又蕉風的芭蕉もすべて同価値に取扱い何等差別を附すものではない。寧ろ芭蕉その人が、発展して行ったその形式全体を芭蕉の生き方に統一して考える事が大切である。更に芭蕉の俳諧をその生涯に即してその内面性よりひとりでに物語らしめたいと思う。けだし芭蕉はわれわれと同様今を去る約三百年前生きていたのであり、人生の厳粛さを真実さをその肉体を通じ詩心を透して今日のわれわれに与えてくれるからして、今われわれの芭蕉を慕う情や一層切実さを憶えるのである。

（1）阿部次郎　俳諧と人生　俳研第一巻第一号八頁

（2）保田与重郎　芭蕉と蕪村（発想についての覚書）―俳研第五巻第四号　二四五頁―

その二

芭蕉の芸術を概観して著るしい個性の発展的形式の存在を知ったが、此の形式を私は特に貝おほひ的、虚栗的及蕉風的と見做した。今芭蕉の生涯を其の根本思想より観れば、所謂西行的遁世（西暦一六六七）より其の寂滅（西暦一六九四）の間、遁世以後三十台の前半に亘る現実主義的亭楽的気分が認められる。最も極端なるは貝おほひ（西暦一六七二）であり、「小歌やはやり言葉（此所では主として奴言葉）」等「遊廓や劇場を中心とし、若しくは背景として生れる」[1]題材を骨子とする構成で著るしく遊蕩的[2]肉慾的[3]傾向を持つのである。

（1）小宮豊隆　芭蕉の研究　二二一頁

（２）「ひっぴけうんのめとうたふ小歌なればお常のしゃく（酌）も捨てがたくて。（貝おほひ十番判言葉。）

（３）「今こそあれ、われもむかし衆道ずきのひが耳にや」（同書参照）

三十台の後半（天和年間に当る。）に入るや、生活気分は劇変する。亭楽的現実主義は転じて虚無主義に、楽天観は厭世観[1]へと相貌を変ずる。僅か三、四年間の変化は実に驚愕的で、其の最特徴的なのは虚栗（西暦一六八三）である。芭蕉はその跋に於て「芭蕉洞桃青皷舞書」と署名した。情調は「悲壮」[2]を極めている。

（１）「貧山の釜霜に啼声寒し」（虚栗）

（２）志田素琴「虚栗の時代的意義」——（俳研第五巻第一号五一頁）

四十歳（西暦一六八三）を境に芭蕉は虚無観、厭世観を放棄するかに見える。そして蕉風の中核たる風雅観が脚光を浴びて次第に輝かしくはっきりと舞台の前景に現われて来るのである。是等の思想発展の形式は全く近代的悲劇の性格を持ち、芭蕉の「笈の小文」[1]（西暦一六八七——一六八八）及び「幻住庵記」[1]（西暦一六九〇）に最も明瞭に吐露されている。

（１）笈の小文及幻住庵記は芭蕉の懺悔録とも申すべきであらう。

芭蕉はその四十七年間の生活を回顧して、生へのアンニュイに満ちた調子で述べるのである。「つら〳〵年月の移り来し拙き身の科を思うに、ある時は仕官懸命の地をうらやみ、一たびは仏籬祖室の扉に入らんとせしも、たよりなき風雲に身をせめ花鳥に情を労して暫く生涯のはかり事とさえなれば、終に無能無才にしてこの一筋につらなる。[1]」と。此の「仕官懸命の地をうらやむ」時期は遁世後に芭蕉が小石川関口水道工事[2]（西暦一六七三）に従事した三十歳の壮年に到る間継続するのである。貝おほひ的芭蕉は専ら対社会的欲望たる「地位や名誉[3]」に憧れ従って此の期に芭蕉の芸術が現実主義的コーミッシュな古典的形式の模倣に終れるのは、正に芭蕉の俳諧への意欲の低さを説明するのである。

（1）幻住庵記　（2）沼田龍雄著俳文学精粋　一五六頁
（3）デルタイ世界観の研究十九頁参照（岩波版）

仕官懸命時代に次いで「仏籬祖室の扉に入らんと」せる絶望の時代が現われる。佛頂和尚に参禅（西暦一六八一）した前後の事情を述べたものであろう。さきに虚栗的芭蕉として把握した処である。併乍此の時期に於て芭蕉の心境は非常に複雑〔化〕し統一なく矛盾し合っている。従って一面貝おほひ的より蕉風期への過程と見るべきでエロス的なもの[1]、虚無観[2]それに風雅観[3]が交錯しカオス（渾沌）状態を呈する。併しそれ等は暗澹たる厭世観を以て被われている。此の期に芭蕉が老荘の哲学や仏教的無常観に身を委ねたのも充分理解出来るのである。

（1）恋の情つくし得たり。——中略——寺の児歌舞の若衆の情をも捨ず（虚栗跋）
（2）李杜が心酒を嘗て寒山が法粥を啜る。（同上）
（3）侘と風雅のその生（ツネ）にあらぬは西行が山家をたずねて人の拾わぬ蝕栗也（同上）

虚栗的人生観は芭蕉の俳諧への態度に変貌を与えずには置かなかった。現実主義的享楽主義的傾向に支配されたる古典的芸術形式は立身の希望を喪した厭世観的芭蕉により徹底的に批判され、殊に厭世観の芸術的立場を与えたものに杜甫、李白により代表される支那文学があった。此の期の芭蕉の俳諧に特徴的である異常なデフォルマチヨン（破調）[1]や片仮名の応用[2]及著るしい主観的調子[3]等は芭蕉の人生観的基礎に於て理解さるべきであろう。

（1）花にうき世我酒白く食黒し（虚栗）
（2）髭風ヲ吹きて暮秋歎ズルハ誰ガ子ゾ（同書）
（3）深川冬夜ノ感「櫓の声波ヲうって腸氷る夜やなみだ」

遂に絶望の芭蕉に「たよりなき風雲に身をせめ、花に情を労する」[1]と云う風雅的救済が出現する。而もエロス的なもの、厭世的なものの影を曳き、それらを越えた麗しい風雅の世界はゲーテのファウスト的救済にも似て輝かしく美しい世界であり、現実に対し芸術する心の凱歌である。而して芭蕉の風雅は「旅」を契機とし精神と自然とのより高次の統一的自然観を根底とする。

前の二期では芸術は主に現実主義的又は心境主義的傾向を持つに対し此の時期は統一的自然探求の苦難道たる旅を通じ直観の世界を展開し、同時に著るしく浪漫的となる。斯くて芭蕉の芸術的立場は其の絶叫「造化にしたがい造化にかえれ[2]」に見らるゝ如く単なる主知的ロマン主義に非ずして寧ろ直観的ロマン主義と見られる。而して此の期は、芭蕉の生意識の最も緊張した展開をフィナーレとする。此の直観的ロマン主義は亦芭蕉の「西行の和歌における、宗祇の連歌に於ける、雪舟の絵に於ける、利休か茶に於けるその貫通する」「一[3]」つのものであろう。それは又芸術一般——俳諧に限らず——に妥当する普遍的原理とされ芭蕉の風雅は之を意味するものであった。

(一) 幻住庵記　(二)(三) 笈の小文

(つゞく)

Ⅲ　「成層圏」

資料紹介

発行年　昭和一二年四月二五日～昭和一六年五月一五日／発行兼編集人・竹下吉信、岡部寛之他／発行所／成層圏発行所

「成層圏」は竹下しづの女の長男、龍骨（創刊号では透江要子とも）と岡部寛之（俳号伏龍）らが在籍していた旧制福岡高等学校のほか、姫路、山口等の学生達が参加した「高等学校俳句連盟」（のち「学生俳句連盟」）によって刊行された。

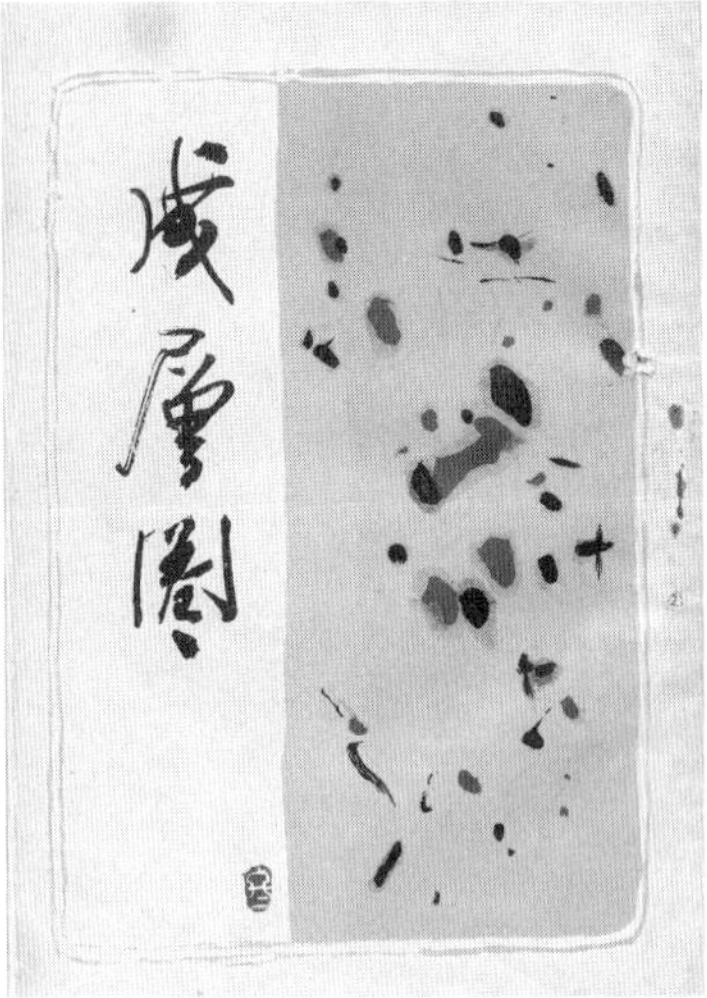

「成層圏」第一号表紙

　その内容はしづの女と各会員の自選句、しづの女による作品評、号を重ねるにつれ、中村草田男らの「成層圏東京句会」など各地の通信、会員以外の賛助会員の選句欄などであった。

　しづの女の「新蝶古雁」に代表されるように、「成層圏」には龍骨をはじめとする会員らの意欲的な俳論、俳句・俳誌批評が掲載されている。

　昭和一六年、戦時下による公安からの廃誌命令が下るまで全一五冊を発行。会員らが発行の為に奔走するも実現せず終刊。昭和一八年七月には、龍骨が「成層圏たより」を発行している。

　その後、「成層圏」の会員たちによる「万緑」、「風」、「青銅」の俳誌が次々と生まれた。この「成層圏」には新しい自分たちの俳句を創りあげようとした会員らの若々しい情熱と、その会員たちをときに叱り、励まし、育もうとしたしづの女の姿がそこにある。

刊行ノ辭

詩は青年の特權！吾々は、斯かる詩を思ふ存分旣成老朽俳壇にホルモンとして注射したいのだ。吾々は學生の叡智と、純粹なる感激との堝《ルツボ》として、成層圏を全高校生に捧げる。

吾々は、〃青年よ！明朗たれ、飽くまで理智的たれ〃。而して、〃成層圏の一員として、其の完成、更に俳壇の掃海艇たるの任務に奮鬪せよ〃と叫ぶ。

古き學都を讃ふ

竹下しづの

（太宰府古址）

山上憶良ぞ棲みし蓬萌ゆ

蓬萌ゆ憶良・旅人・に亦吾に

蓬摘む古址の詩を戀ひ人を戀ひ

萬葉の男摘みけむ蓬摘む

蓬萠ゆ古址と日輪陳《ふ》ることなく

學生と俳句—教養として

透江　要子

一般社會に對し、學生社會は如何なる關係、如何なる態度の下に置かれたるや。其の關係、態度の性質は一體如何なる色彩を有するや。絶縁的？或ひは相關的？

斯かる疑問を提起して、一應この關係に絶縁的假定を與へて置いて考察を始めて見やう。

一般に學生社會と云へば、我々は、學校、生徒教師の三要素を表象する。而して、その運轉は教師、生徒間の智的活動の遂行する所である。斯かる智的活動は、自覺的にありては、教師の教導慾並びに學生の優越慾の共同所產として與へられる如上の二つの本能は、學生社會の階級上、主動及び受動的性質を有する。

が、何故に斯の如き異質的性質の二分子　學生、教師—は結合し得たのであらうか。

即ち學生社會の共同目的の何たるやが問題とな

成層圈作品

山高　大山としほ

この園の薔薇籠にみたず啄木忌

啄木忌月下に薔薇は花を果つ

寒梅を仰ぎし顎のとがりたる

あけ晩れにギターを嗜み寮遲日

學寮の寂莫にゐて風邪心地

校舍火災

夜警あはれ廢墟の煙尙絶えず

校舍復興

冴え返る嶺高低の槌こだま

腰に吊る手拭白し曼珠沙華

って來る。

此の間に對し吾人は「人類の文化發展達成の必要」として與へる。斯くて學生社會構成の基礎が與へられた事となる。此處に校則なる外部的規定が發生し、其の社會内部に秩序と圓滑なる運轉を與へる事となつた。此の運轉に對し、從來の意見―前述の假定と一致するものであるが、―に從つて考察して見る。

然らば、教師は、學生社會の一員として、他の現實一般社會への交渉を絶ちしものとして考へられる。

斯くして教師は學生に對し何を教授せんとするか。學生が、文化進展上の必要より、此の社會に參加したりとせば、教師の側に求める所は必ずや一般文化内容に非ずして、何であらうか。然る時教師は、彼の思惟内容、又講義内容が、學生社會の存在範圍に止まり、それよりも尙大なる文化價値を有する一般現實社會につき、何等の關係も有せずとすれば、教師、學生の間に存する前述の結合は除去されたりとするより外はない。文化進展に寄與すべき學生組織の本旨に悖ると言はさるを

わだつみに月の機翼のふれて過ぐ
枇杷の木に雨鶯のこもり鳴く
鶯や祖母は爐に老ひたまふ
落椿大山神を祭りをり

稲高　久保一朗

山陰風景

傳說の山陰《くに》寒々と夕燒くる
傳《こ》說《さ》秘めし邑蒼々と春暮れぬ
山眠る夜を潮鳴のゆるく響く
天地眠りまた晦冥の古《よ》に還る
沈默《もだ》のまゝ驛の灯《ひ》波に鋭くゆるゝ
オリオンは寒き夜空をゆるく燃ゆる

得ぬ。

　且つ又斯かる假定そのものすら、教師を一面にのみ見て居るものである。實在の教師は現實存在する事に於ても價値を有する。實在する限りに於て教師はやはり、一般社會に交渉を有する。彼は俸給を得て、彼を親權者又は夫權者とする、彼の家族の生計の爲に費消するか、又は銀行に其の一部を割ぐだらう。

　彼は銀行に對して債權者である、彼は又投票に赴く。彼は選擧權者である。彼は如何にして、此の一般社會より、自己を抽出するを得やう。

　生徒にも同樣の事が云へる。例へば彼は單に學生社會に屬するのではない。家庭社會又一般現實社會にも交渉を有する。此の社會で彼は新聞に依り、增稅案可決、健保案の反對、贊成、郵便料値上げ、ソ聯の支那政策轉換等より、炭坑爆發による死者、贋造紙幣の發見等の報道を受ける。人間精神の連續律原理よりせば、如何にして我々は二種の社會の差別を計り得るや。

　斯くて學生社會並びに一般社會の無關係を主義する假定なり意見は其の最大の缺點を暴露する。

驛の灯の暗きに時の刻み幽か

夜を燃ゆる驛の暖爐や終發後

埋火や歐露西亜の海を窓の外に

うつぶせる老驛夫の夢は友の死に

蒼き夜をプラットの油月と泳る

蒼き夜を貨車一輛のどす黒き

蒼き夜をレール斜に北辰へ

夜の沈黙は雪呼ぶらしき春と云ふに

傳《こ》說《さ》秘めし邑何時明くるとも見えず

福高　岡部伏龍

春の陽にどん底を生く笑顔あり

一般に學問する事は、文化的見地より云つて、他者の幸福、引いて自巳の屬する民族の福祉、更に世界人類の共榮を計る事を窮極の目的とする。單なる個人の意欲―〃學問の爲の學問〃と云ふ怪げな循環論法は斷然廢却すべくして、矢張り學問する事は、偶理的社會要求の結晶である事を知らねばならぬ。

以上の論述に依り學生社會も一般社會の中に包攝されねばならぬ。が併し此の學生社會と一般社會との包攝關係の性質は再應の考察が必要であらう、

一般社會は、一定の基礎の上に進展する。此の基礎は家族の構成する所にして、家族は更に―男性、女性―の二單位に分析される。社會は男性、女性の異なる能力、精神力の場合と見られて居る社會の進展は個人の、人間性並びに動物性に依り行はれる。

特に人間性を增進すべき任務の下に學生社會は一般社會に參加する。從つて其の進展は、一般社會を指導すべき性質である。

然るに、本邦學生社會の進步に傳統的教義（儒

熱の瞳が小さき窓の陽を戀へり

苦學子の胸病めば窓の陽白く

熱の瞳に喀血の日がぶらさがる

熱の瞳に陽が現實が硬かりし

熱の瞳に宵の明星青く澄む

陽照らねば病みたる胸を抱きすくむ

病軀受驗

ペン遲々と鈍き頭腦を挽きゆけり

燈鈍く徹夜の陰をもちて冴ゆ

夜を徹す瞼ぞそよぐ呼吸ぞ荒るる

書を抱き寒き孤燈と假睡せり

月凍てゝ悄愴の瞳に動かざる

敎）が大いに貢獻した。斯くして本邦學生社會は謂はば、偏向的進歩を遂げた。

此の偏向性を有する學生社會の一員たる吾々が俳句する場合につき考ふれば、必ずや我々の俳句に要求する、又俳句が我々に期待する所が明瞭となるであらう。

此の偏向性は反動として種々の相を俳句に與へるかも知れぬ。が此の事は俳句を我々が敎養として取扱ふ場合には表はれて來ない。

人は或は敎養として俳句を考へる。趣味として考へる。即學生につきて云へば、學問を本體として、俳句を客體として考へる。

所が學問は一般に獨立して、我々の窮極の目的たるものでなく、手段として、文化促進の手段として見られる。

俳句は又、美意識を有するものである。美と云ふ意識上、俳句は單なる趣味、敎養として論ぜられぬ。俳句は文化と同價値に立つ。

斯く論ずれば、俳句は決して、學問の奴婢と見られざる事が判明する。

元來敎養としての俳句は。俳句を骨董として、

情熱《いのち》なきペン走せてゐてペン凍る

福高　野上浩一

ペンの音と白き壁の裡にあり

ペン投げて廂の時雨《あめ》を今日も聽く

木枯に野風呂たて嫁《ゆ》きし姉を想ふ

牌の音梅の白さが亂さるゝ

友來らず虚ろの驛に黄昏と佇つ

尠きもの去りて友來ずホーム荒ぶ

握り締めし入場券に友は來ず

スヰトピー色映りたるグラス飲む

スヰトピー壁の灯青く冴ゆるのみ

即死物として取扱ふ事より起る迷誤にして、斯る觀念を我々は現代より抹殺すべきである。斯くて我々は今一度芭蕉を思ひ起す必要がある。我々は彼の精神を今一度思ひ起すべき豫感を有つ。

芭蕉が奥の細道の卷頭に述べた言葉は、充分に彼の人生觀を物語る。〃月日は百代の過客にして…古人も多く旅に死せるあり、予もいづれの年よりか…漂泊のおもひやまず〃彼にありては人生即旅であつた。

更に、彼は〃誹諧は生涯の道の、道〃と云ひ、又幻住庵記に〃倩年月の移り越し拙き身の科をおもふに……終に無能無才にして、此一筋につながる。〃と述べた如く、誹諧は一生の事でもあつた即ち芭蕉にあつては、誹諧即生活即旅でもある。斯ゝる芭蕉の人生觀、誹諧觀よりすれば、學問と俳句の乖離も直ちに、統合出來ると信ずる。

學問が少しも害はるゝ事なしに、俳句が敎養としての論ぜらるゝ事なしに。

スヰトピー蒼き光りに貫かれ

福高　透江龍骨

柊に階段白き層なして

銀皿に小鳥の聲を盛つて來る

回轉扉黃《き》金《ん》文字 Cafe と讀ます

回轉扉黃金の鋲列もて押す

回轉扉ギイとボーイは低頭す

ビル聳てり人の深れを回らせて

ビル聳てり窓を少く穿ちつゝ

をとこをんな子供の毛糸赤と白

車掌あはれ切符切りつゝ吾と搖る

◎成層圏作品短評

竹下しづの

成層圏作品中に一脈の尖鋭なる白光を閃かすものとして次の句を掲ぐる。

熱の瞳に喀血の日がぶらさがる　岡部伏龍

ペン遅々と鈍き頭脳を挽きゆけり　同

感覺の雋敏、表現の新鮮、まことに青年の抱負を欺かざるところを思はせる。

◎

埋火や歐露西亞の海を空の外に　久保一朗

蒼き夜のレール斜に北辰へ　同

夜の沈默雪を呼ぶらし春といふに　同

豐かなる詩の魂の漲れる作品として之を稱す。

流氷や宗谷の外波荒れやまず　誓子

の誓子を思出させられて、うたたなつかしい。

◎

秋光と皿の白さがあらがへり　香西照波

地蜂や農夫匍伏して下肥す

人糞や菜の花道は細かりき

菜の花に地蜂の空の青かりし

牛車農夫の圓き背より來る

姫路高　香西照波

雪晴の圓き光りのコムパクト

春愁や田螺の殼を踏み碎く

抽出の反古にひそみて冬鏡

起き臥しに骨カッと鳴る冬籠

朱古りぬ冬日伽藍に照ることなし

白き飯食む脣の形正し

雪晴の圓き光のコンパクト　同

この作者の感情は纖細でうつくしい。かつ、豐麗である。成層圏中の一特色たるを失はず。

◎

麥秋の夕の窓を窓しけり　大山としほ

鶯や祖母は爐に老ひたまふ　同

この作者の感情線も纖細美を有つゐる。

一體、青年とか老成とかいふことは、單に年齡のみばかりでは、どうとも決定させられぬらしいそれは主として其各人の天稟の資性に負ふところのものといはれやう。この作者は純情温醇な青年學徒であるが其作品の底を流るゝ一沫幽寂なる感情は到底かけ出しの老俳人の夢にも及ばぬところの老成さを有つてゐる。よき傳統を今日に生かす使命を負うて益々奮勵せらるゝやう祈る。

等しく芭蕉的感《ゲッフェール》を有ち、而も今日の最も先進的な視角から對稱を捕へて、之を主知的に斡旋する秀れた技巧をもてる作家として、

ペンの音と白き壁の中にあり　野上浩一

ストームの足洗ふとてふとさびし

ストームの汗冷えて來ぬふとさびし

秋光と皿の白さとあらがへり

踊る顏みんなが神を宿してる

姫路尚　内野柑青

枯蔓の領事館壁白煉瓦

神棚に燈明細く寒きかな

鶴の羽の抜けて浮きたり池の冬

火鉢白し患者の指の美しゝ

向きがはる時群鳥は太陽となりし

須磨かなし露路のそこすぐ冬の海

牌の香梅の白さが亂さるゝ　同

の作家を推す。この二人の作品以前の素質には相等類似の點の多いことを筆者は熟知してゐる。作品の貌には多大の距離が横たはつてゐるけれどもなほこの二人に相通じるもののある他の作家に。

◎

短日の牧場風信定まらず　玉置野草
神棚の燈明細き寒さかな　内海相青
櫻狩踊る乙女に遠き城　吉村行生

等がある。

概してこの成層圏作品の作家たちはみな未成品である事に相違はないが、特にこの三作者の將來は、すぐ明日にも、どう變るかが豫斷されない。この作家達の豐かなる文學者的資質と潤澤なる才能が、この人々をいかに前進せしむるかを、筆者は瞠目して樂しんでゐる。この柔軟性に富める作家達の前進を期待して。

◎

前述の三作家と凡そ對照的な人に

病室のノック白くも響きくる
火球舞ふ全身痲酔の身・心に
福高　玉置野草

短日の・牧場風信定まらず
夕陽鈍く放牧の牛に枯草に
風荒し乳牛の乳房は重く垂る
卒業の乾杯の音聞きてかなし
夕日射す校舎に默す卒業子
福高　壹岐俊彦

青空を鷗を追うて伏す砂立

頰を打つ雨寒き獨り孤り率く　壹岐俊彦

がある。筆者はこの作品の感覺が有つ、寂寥と不逞、虚無と感傷、といふやうな相反せる相《スガタ》を自分の胸にどう處置していいか、参つてしまふ。この句の魅惑、この句の迫力こそこの相反せるものゝ搏ち合ふひびきであらふ。この作家の寡作にさへも、筆者は心惹かれるものがある。

◎

銀盆に小鳥の屍を盛つて來る　透江龍骨

牛車農夫の圓き背より來る　同

最後にこの作家の特異なる感覺と强烈なる主觀を認めざるを得ない。

要述するに、この一團の作家群中には明らかに二つの相異する氣流が對流して、而も擧流することなく淙々と流れてゐる。何れの流れに從ふも到着點は詩神の殿堂である。俳句の靈塔である。邁進を希望す。

頰を打つ雨寒き獨り孤り率く

姫路高　貴田慶治

銅像の眉を殘して狹霧晴る

赤きかな密柑の皮の寒の雨

塵塚や雀は細き脚持てる

福高　吉村行生

櫻狩踊る乙女に遠き城

流れ行く鶴の形に春の雲

人の影に波寄する磯の凪は春

放射線

炬燵

福高　野上浩一

博多に來て初めての今年の冬は暖くてとう〳〵炬燵も納屋の中から出すときもなかつた。しかしあの味は日本にて初めて味へる樂しいものだ。近頃徒に洋間となりスチームとなつてゆく傾向はあの炬燵の嬉しさをしつてゐるものには淋しいことだ。

そして誰の言葉だつたか想ひ出す

〃炬燵は女の肌を想はせるやはらかさがある、しかしあのスチームには女を待つときの白々さである〃

團欒としてのこれは又捨て難い。そして親しみが肌を通してくる、自然科學を創造した人間がそれの爲に惱まされてゐるときにこの有難さは一入である。

住みつかぬ旅の住居や置炬燵　　芭蕉

旅に明かし旅に暮れた彼の想ひに旅先の炬燵はたしかに遠い過去の故郷の山を川を谷を懷はせたに違ひない。そして更に行くべき幾山幾川を夢みたことであらう。

又炬爐は母の面影を有つてゐる。冬の夜長を思ひ出にすごすは又この魅力である

思ひ出を炬燵に聞きて有難き

歸省して炬燵に團欒の嬉しさよ

子守唄にて寢つひた頃を想ひ出す、日本人のうまれつきの靜かさセンチメンタルな心は幼き頃のこの子守唄のためであるとか——

すれば半面のあの熱烈な情は火山の影響であるかも知れない。

〃西南戰役の時儂共は裏山に逃げたものだそしてとは〴〵家の方へもどつて見ると家の前には右手だげがころがつてゐて—〃

歷史の一頁としてはるかな西南戰役が現實として甦つてくる。又遠い〳〵家康も頼朝も同じ活躍した歷史といふ大きな舞臺の一つの小道具となつて消えてゆく。そして過去といふ幕で閉ざされる。

子守唄がどこからともなく聞えてくる、そして死んだ弟の妹の姿があそんでゐる。

母か唄つてゐる。

ねんねんよう、おころりよう

おころり圍爐裏の燃える夜に

さら〳〵粉雪のあたる夜に

お山の獵師のものがたり

雪の峠も越えて行く
ふたりの母子があつたげな
凍さに凍えて死んだれば
ふたりは天に行つたげな
ふたりが死んだそのあとに
可愛い花が咲いたげな
死んだ子供の名をとつて
已之助花と呼んだげな

弟が笑つた妹も笑つてゐる。
炬燵にはつきぬ思出と懐ひが満ち〳〵てゐる。

無風帯

使命と批判

傳統俳句―ホトトギス派の淺い寫生―老大家の獨善主義。
作品の普遍性と通俗性、―結社制度の弊。
新興俳句内部の自省―高踏性の獲得、―大衆教援の普偏化。
新興俳句の俳句的任務―〃俳句も詩なり〃連作の構成。
内容の貧弱な作者が、豊富な題材にのみ用ふる如き技巧を使用する―鼻持ちならぬ厭味。
新興俳句表現技巧の模倣例へば〃あはれ〃―新興俳句のマンネリズム化。
新興俳句の發展―モダニズム俳句、主知主義俳句、心理分析俳句、―俳句限界反省の缺乏。
俳壇の文壇排撃―俳人の心境狭少の證明。我々の立場―。自由、平等の意欲。―結社制度、徒弟制度の打倒。―作品主義主張。―鑑賞力養成。―俳句に對する眞劍味

（照　波）

俳句の二相

俳句の二相舊に對立する新は眞の新ではなく、有季に對立する無季は眞の無季ではない。舊を含んだ新、有季を含んだ無季、其等一切のものを含んだ即ち全體者の立場に立つた時にこそ眞の意味に於る俳句が可能になるのである。之は一見矛盾の樣に見え、無定見の樣に見えるかもしれないが、然しこうした總ゆる矛盾を中に含みつ

つ之を越え、ひいて Fur sich, an und fur sich. の段階へとつき進んで行く時に更に更に俳句の眞の意義が見出せるのではあるまいか。

俳句も又文學の一つである以上徒らに花鳥風月にのみ偏してゐるべきではなくして、都會生活、戀愛等をどしどしよむべきである。又多くの人が現實を避け、人生をはなれて幾何距離をおいて傍觀しようとする態度、主觀の動搖、引くるめていへば現實の暗い處、穢い處をなるべくかくし、遠ざからうとするが、之程卑狹な態度はない。かくて我々は穢い物は穢いなりに、美しい物は美しいなりに、つまり目に觸るゝものに詩を見出す限り俳句にするつもりである。否そうすべきである。それでこそ初めて眞の美が表現されるのである。

又、現代の生活俳句と稱するものに多くの實例を見るのであるが事實にそくせず、唯薄つぺらな常識的見解のみを以て想像句作し「どうだ、俺はこんなものもどしどしやつてのけた」と云ふ風な子供ぽい仕方は我々の排斥する所である。句にする以上それは眞を捉へたものでなければならぬ。之が最も尊い俳句精神である。（佚龍）

自由性と明朗性

吾々は未だ俳句性の要諦に通ぜず、句作の經驗亦淺くして、加ふるに俳壇現狀に關して適確なる認識を有して居らぬ者のみである。而し、吾々の管見によれば現代の俳界は何れの結社に於ても眞に藝術至上主義の結社對立を乖離して、藝術良心的友情と研鑽とを欠ぎ、排他自薦に寧日もなき狀態と目せらるゝ。

純眞なる學究を尙ぶ吾々には之等の渦中に投ずべく余りに混迷と嫌惡とを感ぜさせられてしまふ。吾々は結社に拘泥せず卓識ある先賢を敬仰し秀拔なる先輩を洽く尊宗して、明朗に公正に作品し評論し琢磨し相互の藝術感情の接觸を愷しみたいと念願するものである。

この熾烈なる若き情熱が吾々をしてこの貧弱なる〝成層圏〟を刊行せしむるに至つた動因である。

ソロモンの富と權とを以てしても一本の百合の花の若さには若かなかつた。

若さは吾等の特權である。

永遠の明日を趁ふて、今日の吾等を向上せしめよ。自由は若人の理想である。

師なければ全世界の師は皆吾等の師である。

結社によらざれば全結社の友は皆吾等の友である。

かくて、吾等のゆく道は、いつか大道に出づるであらふ。（一朗）

雰圍氣作品

松岡溪蟬郎

緑蔭やキャンベルの子は砂を匐ふ
キャンベルの遊べる底に枇杷落つる
縛られて泡を噴くなり山太郎
逃げてゆく山太郎迅し灯をかざす
山太郎潜める豆の花流る
草に噴く泡の五彩や山太郎
たたなはる山脈はるか黄沙降る
麥こぎ機赤き入月に麥を噴く
藤の花淵の蒼さを垂れて居し
水無月の天かける機に旗を振る
新緑のふるさとの山君翔けよ

・

柳原禮

春雨の雲低しとて鳶とばす
宮島の淡く灯りぬ春の潮
春潮の香を枕とす旅の房
こちむける花は灯れり白椿
春宵と鐵瓶の音と爐邊にあり

第二號　要　記

一、成層圏作品（句數無制限）
一、宇宙線（論文、俳文）
一、放射線（俳文）
一、無風帶（短評、短見）
一、雰圍氣（贊助會員作品）

右募集〆切　五月十五日

一、中村草田男先生選評
（四百字詰原稿に限る）

◎後　記

◎三月十五日に刊了、諸君の机上に送る豫定のところ同志諸君の試驛で延び、印刷所との交渉にて延び、延び延びて終に今日に至りしことを、先づ謝します。

◎吾等の成層圏に對し、中村草田男・竹下しづの・兩先生には御多忙にも係らず直接御指導御承諾下され、又日下御病氣中の山口誓子先生よりも御懇篤なる御手紙をいたゞき一同感佩いたしました。全俳壇の先生方にも親切なる惡口を御吝みなく御指導下さるやう祈ります。

◎第二號は夏季號となります。同志諸君奮つて力作を發表して下さい。尙同號には中村草田男先生の御指導句評をいたゞくことになつてをります。

◎田中冬心畫伯の熱俠的御厚意と久野印刷所の義俠的奉仕により、表紙をつけることが出來まして、編輯者一同感激してしまひました。

◎〃雰圍氣作品〃は成層圏を贊助して下さる方の發表欄とします。純眞なる俳句研究の方の御來投を迎へます

◎竹下しづの先生には玉稿と共の上いかなるのもをも見捨てない、全く慈愛にみちみちた短評とを戴きまして眞實に有難うございました。

◎かくの如き諸先生からの心からの御援助を得ながらも物價昂貴、印刷費暴騰、郵税値上の爲に心ならずもせめて四五十頁のものをと希望してゐたのが、斯く薄つぺらなものとなつてしまつた。「何だこんなちつぽけな奴をと悲憤慷慨される方もあらうが、本の價値は何等本の大小にはよるものではない。

◎勿論作品の稚拙、俳句性認識の不徹底は免れぬ否我々は堂々とこの非難攻擊を受くべきであり、又受くべき覺悟はもつてゐる。それでこそ眞により高き段階へ〳〵と進んで行けるのであつて爭鬪進歩なさ生活、唯だ徒らに小さな自己に滿足しきつたブタこそ我々が最も排斥する所である。

◎かくて我々はあらゆる物を燒き盡さすばやまない强烈なる熱意と鬼神をも泣かしむる純情とを以て、多忙なる身にも係らず我々の爲に盡力しくださる中村草田男竹下しづの諸先生の御指導に倚つて現代俳句を眞の俳句として生かすべく努力すべきではないか。

◎「無類帶」に書いてある如く我々成層圏は一流一派に拘泥せず飽くまで眞の俳句を追求せんとするものであります。

◎諸君！此の意を諒とせられて、高校生にしていやしくも俳句を學ばんとする者の切なる御贊同を請ふ。

（伏　龍）

昭和十二年四月二十日　印刷
昭和十二年四月廿五日　發刊　（本號實費頒價 一部金拾錢也）

編輯者　A班　岡部伏龍
透江要子

高校學生俳句聯盟會代表
發行者　久保一郎

福岡市須崎裏町六三
印刷者　久野商會

福岡市相割町[redacted]
原稿宛先　岡部寛之方

総目次

成層圏第一号 通巻一号 昭和一二年四月二五日

発行者 久保一郎、編集者 岡部伏龍・透江要子

刊行ノ辞 1
古き学都を讃ふ 竹下しづの 1
宇宙船 学生と俳句 教養として 透江要子 2~7
成層圏作品（短評 竹下しづの 8~11）
校舎火災／校舎復興 山高 大山としほ 2~3
山陰風景 福高 久保一朗 3~4
病躯受験 福高 岡部伏龍 4~6
― 福高 野上浩一 6~7 福高 透江龍骨 7~8
姫路高香西照波 8~9 姫路高内野柑青 9~10
福高 玉置野草 10 福高 壹岐俊彦 10~11
姫路高貴田慶治 11 福高 吉村行生 11
放射線 炬燵 福高 野上浩一 12~13
無風帯 使命と批判 香西照波 13
〃 俳句の二相 岡部伏龍 13~14
〃 自由性と明朗性 一朗 14
雰囲気作品
― 松岡渓蟬郎 15 柳原禮 15
要記 15 後記 岡部伏龍 16

成層圏第二号 通巻二号 昭和一二年六月二七日

発行者 竹下吉信、編集者 久保一朗・岡部伏龍

街塵 竹下しづの女 1
成層圏作品
― 壹岐俊彦 2 里井彦七郎 3~4
大山としほ 4~5 香西照波 5
支那人町二句 岡部伏龍 6
海江田健行 6~7 貴田慶治 7
観世音寺に一日国宝の佛像を見ぬ 野上浩一 7~8
反動期の高校生 内野柑青 8~9
― 永井阜太郎 9 透江龍骨 9~10
坂井健次郎 10
夢（三句）他 久保一朗 11
― 小川公彦 12 井上秋水 12~13
守島青星 13
新蝶故雁 竹下しづの女 14~17
悪臭ある笑顔 透江要子 17~21

放射線　煙　ひろし　20
無風帯 ―― 小川公彦　21～22
〃　現代俳句批判（一）　香西照波　22～23
〃　放浪する記念碑　岡部伏龍　23～25
雰囲気作品（竹下しづの女 選）　24～26
――　柳原禮子　井手矢重　高橋秀夫
萩原光　宮野吾子　松島水城
池かなめ　中川淳子　松尾映子
日記抄　竹下しづの女　25

成層圏第三号　通巻三号　昭和一二年八月二二日

発行所　成層圏発行所、発行兼編集人　竹下吉信

自然と人生　竹下しづの女　1
成層圏作品　2
――　京都　壹岐俊彦　山口　大山としほ　福岡　小川公彦
旅中吟 他　福岡　岡部伏龍　3
青蚊帳 他　姫路　香西照波　3
――　福岡　久保一郎　3
病窓　姫路　里井彦七郎　4
童心・梅雨・防塁懐古　福岡　透江龍骨　4
月に歩む 他　福岡　野上浩一　4
宇宙線　馬酔木批判　香西照波　5～7
放射線　筑紫野探索　ひろし　8～10
〃　松山がへり　大山としほ　10～11
無風帯　俳句と生活　内海洋一　11～12
〃　緑陰午睡のために　透江要子　13～14
京都便り　壹岐俊彦　14
雰囲気作品（竹下しづの女 選）　15
――　福岡　萩原光　福岡　篠崎あさ子　山口　大山としほ
福岡　柳原禮　福岡　高橋秀夫　福岡　透江龍骨
三池　松尾映子　撫順　宮野里々子　姫路　里井彦七郎
巻頭句短評　竹下しづの女　16
後記　16　消息欄　表3
目次　表4

成層圏第四号　通巻四号　昭和一二年一〇月二〇日

発行所　成層圏発行所、発行兼編集人　竹下吉信

正誤表　表2
軍国　竹下しづの女　1
成層圏作品Ⅰ　2～4
――　京都　壹岐俊彦　姫路　内海洋一　山口　大山としほ
福岡　岡部伏龍　福岡　小川公彦　姫路　香西照波

姫路 貴田慶治　山口 坂井健次郎　姫路 里井彦七郎
福岡 竹下龍骨　東京 玉置野草　山口 永井皐太郎
福岡 野上浩一　大阪 湊七三九　山口 三井茂樹
新蝶古雁（承前）　竹下しづの女　1~7
無風帯
俳句史発展の基準　内海洋一　8~10
答案　―　10
成層圏私感　永井皐太郎　11
憧憬の作品鑑賞　照波 他　12~15
アントボルテン　竹下龍骨　15~17
成層圏作品Ⅱ（ガリ版）　1~12
―　京都 壹岐俊彦　姫路 内海洋一　山口 大山としほ
福岡 岡部伏龍　福岡 小川公彦　姫路 香西照波
山口 坂井健次郎　姫路 里井彦七郎　福岡 竹下龍骨
東京 玉置野草　山口 永井皐太郎　福岡 野上浩一
大阪 湊七三九　姫路 貴田慶治　山口 三井茂樹
雰囲気作品（ガリ版、竹下しづの女 選）　1~6
―　福岡 萩原光　福岡 篠崎あさ子　福岡 高橋秀夫
福岡 井手矢重　大阪 湊七三九　撫順 宮野あこめ
東京 池かなめ　筑後 松岡国夫
日記抄　文月異変　竹下しづ女　7~8
編集後記　竹下龍骨　17　東京だより　玉置野草　18
福岡支部会報　18　新入会員／次号要記　表3
目次　表4

成層圏第二巻第一号　通巻五号　昭和一三年一月三〇日
発行所　成層圏発行所、発行兼編集人　竹下吉信

内容　表2
歳のプロフィル　竹下しづの女　1
成層圏作品（第一集）
―　京都 壹岐俊彦　2　福岡 小川公彦　2
山口 大山としほ　2~3
酒場　福岡 岡部伏龍　3
法廷見学　姫路 香西照波　3
―　福岡 久保一朗　3~4
家の大半を売りし日　姫路 里井彦七郎　4
―　東京 玉置野草　4
地主のなげき　福岡 竹下龍骨　4~5
―　水戸 出澤暁水　5　山口 永井皐太郎　5
大阪 湊七三九　6　山口 三井茂樹　6
福岡 野上ひろし　6　撫順 宮野あこめ　7
陣中句（棲山）　竹下龍骨（評）　7
相互評　野原を駆けて　里井彦七郎・玉置野草　8~10

成層圏作品（第二集） 11
——　壹岐俊彦　小川公彦　大山としほ
刑務所見学　岡部伏龍　11
凍夜他　香西照波　11～12
家の大半を売りし日　里井彦七郎　12
——　玉置野草　12
風の眼作品集（二）　竹下龍骨　12
——　出澤暁水　12　永井皐太郎　12～13
三井茂樹　13
平尾射撃場実弾射撃（二）　野上ひろし　13
——　宮野あこめ　13
早春譜　湊七三九　13
記憶　ひろし　14～15
成層圏作家のテムペラメント　竹下しづの女　15～16
憧憬の作品鑑賞　龍骨 他　17
自己紹介 水戸高出澤暁水　18　消息欄　18
奥津通信　里井彦七郎　18
雰囲気作品（竹下しづの女 選）　表3
——　筑前 矢田耕雲　福岡 小野總子　福岡 櫻井道
福岡 石田敏子　豊前 廣瀬鈴雨　豊前 廣瀬学
豊前 廣瀬光　福岡 柳原禮　吉林 尾形浪々
福岡 高橋秀夫　筑前 亀田景山　筑前 中村もしほ
筑前 吉田須磨　福岡 岩隈芳子　豊前 緒方幽谷
筑前 正司怒々　豊津 筒井梅爺　福岡 吉田文吉
福岡 國友ゆかり　福岡 田中木子　糸島 原田秋稔
福岡 佐田行々行　福岡 佐田波虫　福岡 福田斎
福岡 萩原　光　福岡 篠崎あさ子
後記　編集部　表3　要記　表4

成層圏第二巻第二号　通巻六号　昭和一三年四月一五日
「俳句理論研討号」
発行所　成層圏発行所、発行兼編集人・竹下吉信

新会員募集／原稿募集／目次　表2
成層圏作品（第一集）
六大学拳闘　福岡 野上ひろし　1
凶作　福岡 竹下龍骨　1
天草の旅　福岡 岡部伏龍　1～2
福岡 岡部井　福岡 小川公彦　山口 三井茂樹
山口 大山としほ　東京 玉置野草　東京 香西照波
水戸 出澤暁水　水戸 金子兜太　姫路 里井彦七郎
大阪 湊七三九　姫路 内海洋一
新蝶古雁（承前）　竹下しづの女　3～7
断想（一）　出澤暁水　7

都府楼址　竹下しづの女　7
誓子鑑賞の覚書　香西照波　8~10
成層圏作品（第二集）
六大学拳闘 他　野上ひろし　11
阿蘇採鉱所　竹下龍骨　11~12
天草の旅　岡部伏龍　12
——　岡部尹　12　小川公彦　12
特急「暁」乗車 他　三井茂樹　13
群馬県東大谷川寮にて 他　玉置野草　13~14
九州旅行記其他　香西照波　14
——　山口 大山としほ　14　出澤暁水　15
金子兜太　15
燕食堂車 他　姫路 内海洋一　15
グリル 他　里井彦七郎　15~16
ものぐるひ 他　湊七三九　16
観世音寺　しづの女　16
俳句の根本問題　竹下龍骨　17~19
断想（二）　19
小観　里井彦七郎　20~21
短章六句　出澤暁水　21
自己紹介　金子兜太　21
阿蘇行　野上ひろし　22

雰囲気作品（竹下しづの女 選）　表3
——
福岡 萩原光　福岡 篠崎朝子　福岡 田中木子
福岡 福田陽登詩　福岡 福田健蔵　福岡 岩隈芳子
福岡 大久保雅子　福岡 柳原禮　福岡 小野総子
福岡 櫻井直　福岡 石田敏子　福岡 國友ゆかり
筑前 亀田景山　原田秋稔
消息欄　表3~表4　編集後記　岡部伏龍　表4

成層圏第二巻第三号　通巻七号　昭和一三年七月一日
発行所　成層圏発行所、発行兼編集人　竹下吉信

目次

表2
詠草　竹下しづの女　1
成層圏（第一集）
土蜘蛛　水戸 金子兜太　2
梅林　水戸 出澤暁水　2
——　東京 香西照波　2~3
植物園にて　東京 玉置野草　3
——　京都 壹岐俊彦　3
女性讃　京都 湊七三九　3
寮生活　姫路 里井彦七郎　4
招魂社　姫路 長谷川疌甫　4

― 山口 大山としほ 4 山口 永井皐太郎 5
山口 三井茂樹 5
青嵐 門司 久保一朗 5
鐘紡博多工場見学（一） 福岡 岡部伏龍 6
埴輪 福岡 竹下龍骨 6
バスの黄薔薇 福岡 野上ひろし 6〜7
― 福岡 岡部尹 7
水車 福岡 小川公彦 7
― 福岡 福田健蔵 7 福岡 高橋秀夫 8
福岡 福田陽登詩 8 しづの女 8
俳句に於ける知性と感性（俳句生産的構想力論）内海洋一 9〜11
句（二句） 竹下しづの女 11
成層圏作家のテムペラメント（承前） 竹下しづの女 11〜13
成層圏作品（第二集）
囚徒 金子兜太 14
戦争 他 出澤暁水 14
― 玉置野草 14
― 湊七三九 14
快速度 里井彦七郎 14
紅ばら 長谷川逵甫 15
天長節拝賀式に（三句） 永井皐太郎 15
― 久保一朗 15 岡部伏龍 15
高橋秀夫 15 壹岐俊彦 15
大山としほ 15 野上ひろし 16
小川公彦 16 福田斎 16
自己紹介 長谷川逵甫 16
輪評 湊・竹下・岡部 17〜22
白き茶房 ひろし 他 22
拾遺集 としほ 他 22
対流圏作品（竹下しづの女 選）
― 萩原光 23
常夏の国より 山藤澄子 23
― 笠きよ 23 篠崎あさ子 23〜24
大久保雅子 24 柳原禮 24
井手八重子 24 岩隈芳子 24
田中木子 24 小野總子 24
櫻井 直 24
郊外電車の小景 ひろし 24〜26
東京通信 香西照波 26〜28 消息欄 表3
編集後記 小川公彦 表3 句（二句） 香西照波 表4

成層圏第二巻第四号 通巻八号 昭和一三年一〇月一日
発行所 成層圏発行所、発行兼編集人 竹下吉信

巻頭言／目次 表2
研究室 輪評 彦七郎・暁水・照波 1〜11

成層圏作品（第八号）

— 姫路 長谷川逵甫 1
母早くより白髪多かりき 姫路 里井彦七郎 1
— 福岡 大田勉 2
学生夏期勤労奉仕 姫路 内海洋一 2
岩村田にて 水戸 出澤暁水 2〜3
— 水戸 金子兜太 3
濁流 京都 湊七三九 3〜4
東京雑詠 山口 永井皐太郎 4
東京浅草内職町（一） 福岡 岡部伏龍 4〜5
— 東京 香西照波 5 山口 大山としほ 5
高原の朝 東京 玉置野草 5〜6
図書館日誌 福岡 高橋秀夫 6
原生林 福岡 竹下龍骨 6〜7
— 東京 久保一朗 7
湖 福岡 野上ひろし 7〜8
— 福岡 小川公彦 8 福岡 福田ひとし 8

フエノロサの言葉／里井君への返信 しづの女 11
秋近し 玉置野草 12

成層圏第二集（第八号）

演習 長谷川逵甫 13
— 大田勉 13
須磨浦サナトリウム 他 内海洋一 13
岩村田遊郭 出澤暁水 13
山村 他 金子兜太 13〜14
東京雑詠 永井皐太郎 14
山荘は電気のつくのおそくて 他 野上ひろし 14
東京浅草内職町 岡部伏龍 14〜15
海の唄 大南風 他 香西照波 15
集団勤労 他 大山としほ 15
— 玉置康雄 15〜16
— 高橋秀夫 16 久保一朗 16
尼港紀念像 他 竹下龍骨 16
— 福田ひとし 16
— 小川公彦 16
記録と輪廓 成層圏第三号作品 香西照波 17〜19
学生俳句連盟は存在している／新しきあそび 竹下しづの女 20〜23

対流圏作品 20〜23

— 萩原光 泉嵐子 山藤澄子

田中奈美江　岩隈芳子　大久保雅子
萩野露子　矢田耕雲　小野總子
櫻井道　石田敏子　廣瀬光
廣瀬鈴雨　亀田景山　中村もしほ
吉田須磨
編集後記　竹下龍骨／岡部伏龍　24
消息欄　24　私記録　竹下しづの女　表4

成層圏第三巻第一号　通巻九号　昭和一四年二月五日

発行所　成層圏発行所、発行兼編集人　竹下吉信

会則　表2
軍需輸送列車　竹下しづの女　表2
発光点　1〜2
——　京大　壹岐俊彦　水高　伊藤弘完　水高　出澤曉水
姫高　内海洋一　東大　岡田海市　九大　岡部伏龍
福高　小川公彦　福高　大田　勉　山高　大山としほ
六高　金澤大櫻　水高　金子兜太　専修　久保一朗
東大　香西照波　九大　坂井健次郎　姫高　里井彦七郎
獨　高橋秀夫　九大　竹下龍骨　東大　玉置野草
山口　永井皐太郎　七高　西正實　福高　野上ひろし
姫高　長谷川正道　福高　原口隆　福高　原田和夫
獨　福田ひとし　山高　三井茂樹　同志社　湊七三九
岩田紫雲郎　竹下しづの

成層圏作品第一集（第九号）

処女林　竹下龍骨　3
——　香西照波　3　岡田海市　3〜4
経済学演習　習作　岡部伏龍　4
古墳　他　長谷川正道　4〜5
八幡製鉄所　他　高橋秀夫　5
粉雪　湊七三九　5
——　大山としほ　6　内海洋一　6
門司にて　他　野上ひろし　6〜7
秋冬思　里井彦七郎　7
——　金子兜太　7〜8
もず　小川公彦　8
——　出澤曉水　8　大田勉　8〜9
古き寺にて　伊藤弘完　9
——　福田ひとし　9〜10　原口隆　10
三井茂樹　10　坂井健次郎　11
長門峡探勝　永井皐太郎　11
——　原田和夫　11　西正實　12
玉置野草　12　金澤六櫻　12
新蝶古雁　竹下しづの女　13〜16

東京通信 ― 16

成層圏第二集（第九集）

大学の冬 竹下龍骨 17

隅田川一銭蒸汽（五句） 香西照波 17

入営 他 岡田海市 17〜18

経済学演習 他 岡部伏龍 18

送還 高橋秀夫 18

師走 湊七三九 18

― 内海洋一 19 野上ひろし 19

自炊 他 里井彦七郎 19

― 金子兜太 19

わが部屋 小川公彦 19〜20

貞祥寺 他 出澤暁水 20

― 大田勉 20 福田ひとし 20

原口隆 20〜21 三井茂樹 21

帰燕 他 永井皐太郎 21

― 大山としほ 21

輪評 金子・小川・永井 22〜26

輪評 野上・内海・三井 27〜30

自己紹介 東大 岡田海市 30

対流圏作品 31

― 大久保雅子 萩原光 小野總子

大久保節子 篠崎あさ子 萩野露子

石田敏 南里美登里 廣瀬鈴雨

岩隈芳子 上村方子 網元志賀

岩永ひさえ 柳原禮 松岡國夫

笠清

自己紹介 福高 原田和夫 31 福高 原口隆 31

六高 金澤六櫻 32

成層圏の使命 竹下龍骨 32 編集余事 里井彦七郎 表3

編集後記 表3 俳句 初霰 岩田紫雲郎 表4

俳句 旅愁 竹下しづの女 表4

成層圏第三巻第二号 通巻一〇号 昭和一四年六月五日

発行所 成層圏発行所、発行兼編集人 竹下吉信

俳句は環境諷詠詩である 竹下しづの女 表2

不安を糧とせよ 竹下しづの女 表2

東京通信 表2

― 草田男 海市 敏美

黎汀 秀夫 珊太郎

秀一 弘完 兜太

彦星子 汀白 春苺

睡草

成層圏作品（第一集）
—　東京　出澤珊太郎　1
さる支那人料理店にて 他　東京　曾山蘇花　1
—　水戸　金子兜太　2　鹿児島　里井節夫　2
彼女の母病重し 他　姫路　小山邦夫　2〜3
春の断章 他　東京　保坂春苺　3
—　福岡　小川公彦　3〜4　鹿児島　竹下健次郎　4
葛飾浅春　東京　岡田海市　4〜5
太宰府 他　福岡　御幡尚志　5
癩　小島の春　姫路　内海洋一　5
—　東京　香西照波　6　水戸　伊藤弘完　6
—　岡山　金澤六櫻　6〜7
帝大谷川寮　東京　玉置野草　7
—　東京　吉田汀白　7〜8　東京　橋本風車　8
福岡　竹下龍骨　8
春潮　京都　湊七三九　8〜9
—　姫路　里井彦七郎　9
音楽　福岡　高橋金剛　9〜10
—　福岡　福田ひとし　10
炭鉱の生活　福岡　岡部伏龍　10
車中三句 他　東京　永井睡草　11
自己紹介　堀徹　11
遠信　中村草田男　12〜16
句（七句）　瘴癘の地に棲める娘のために労す 他　竹下しづの女　16
俳句革新の問題　堀徹　17〜20
自己紹介七高　井上章　20　曽山直義　20
吉田汀白　20　七高　竹下健次郎　20
成層圏作品第二集（竹下しづの女 閲）
—　東京　香西照波　21　福岡　高橋金剛　21
姫路　内海洋一　21
長崎浦上天主堂　福岡　福田ひとし　21
—　福岡　竹下龍骨　21　福岡　小川公彦　21
水戸　金子兜太　22　東京　出澤珊太郎　22
観能 他　東京　岡田海市　22
東京　曾山蘇花　22
彼女の母病重し 他　姫路　小山邦夫　22
—　東京　吉田汀白　22
試験済みて　京都　湊七三九　22
—　福岡　御幡尚志　22　東京　橋本風車　22
鹿児島　里井節夫　22〜23　鹿児島　竹下健次郎　23
炭鉱の生活（二）　福岡　岡部伏龍　23
都府楼址 他　東京　永井睡草　23
—　福岡　坂井若水　23

白南風　23
岡部伏龍　大山としほ　高橋秀夫
萩原光子　小川公彦　御幡尚志
大久保雅子　福田ひとし　東海林寒子
兵隊通信　高橋秀夫　23
発光点合評　照波他　24〜27
三輪車　東京　玉置野草　28〜30
大学演習林火事　福岡　竹下龍骨　30
彦七郎小論（作品と作者）　野上ひろし　30〜32
自己紹介　姫高　小山邦夫　32　東大　橋本風車　32
福岡高商　御幡尚志　32
対流圏作品（竹下しづの女 選）　33〜34
大久保雅子　泉嵐子　川島徳三
原田優久枝　富田穂波　石丸晤平
青柳文子　松井正夫　石田敏子
櫻井道　廣濱鈴雨　中村もしほ
高尾浪石　東海林寒子　大久保節子
青東風　34
草田男　蓼汀　珊太郎
睡草　海市　春苺
野草　としほ　汀白
蘇花　風車　照波

自己紹介　七高理乙　里井節夫　34
前号対流圏愚感　湊七三九　35
春雷抄　岩田紫雲郎　36
燕信　36
としほ　風車　海市
照波　珊太郎
新入の辞　保坂春苺　36
編集者より　岡部伏龍　表3　消息　表3
句（七句）　観音寺　竹下しづの女　表4

成層圏第三巻第三号　通巻一一号　昭和一四年一〇月一五日
発行所　成層圏発行所、編集兼発行人　竹下吉信

戦野　四月二十九日以後車中吟 他　高橋金剛　表2
勤労学生報國隊　小川公彦　表2
無為 他　竹下しづの女　1
成層圏作品第一集（一）
玉置野草　2　保坂春苺　2
河野健　2〜3　平松小いとゞ　3
金子兜太　3〜4　矢山哲治　4
下宿六月　小山邦夫　4
吉田汀白　4〜5　橋本風車　5

伊藤弘完　5〜6　櫻井江夢　6
学生懊悩　久保一朗　6
放射線　蘭鑄譜　保坂春苺　7〜9
宇宙線　形式への出立　矢山哲治　10〜11
成層圏作品第一集（一）
――　香西照波　12
大阪　野上ひろし　12
霧　湊七三九　13
――　岡田海市　13　三井茂樹　13〜14
東北を生きて　永井睡草　14
未明　竹下龍骨　14
木賃宿（一）　岡部寛之　15
凝視　小川公彦　15
――　御幡尚志　15〜16　里井節夫　16
扇山彦星子　16　福田斎　17
里井彦七郎　17
自己紹介　東京　扇山彦星子　17　京都　平松小いとゞ　17
東京　櫻井江夢　17　京都　河野健　17
他山の石　竹下しづの女　18〜23
成層圏作品第一集（二）
――　岩田紫雲郎　24
霧　福田蓼汀　24

放射線　大阪だより（一）　野上ひろし　25〜26
福岡句会　しづの女 他　26
実梅通信　水戸支部　珊太郎 他　26
東京通信　照波 他　26
遠信　中村草田男　27〜31（・23）
成層圏作品第二集
畜舎當番 他　東京　永井睡草　32
あさけ 他　福岡　竹下龍骨　32
木賃宿（二）　福岡　岡部伏龍　32
――　大阪　野上ひろし　32
嵐山にて 他　東京　岡田海市　32
――　東京　吉田汀白　32〜33　鹿児島　里井節夫　33
山口　三井茂樹　33　福岡　御幡尚志　33
福岡　福田齋　33　京都　平松小いとゞ　33
高橋金剛君の出征を見送る　永井睡草　33〜35
――　京都　河野健　34
烈日 他　京都　湊七三九　34
――　水戸　金子兜太　34
志賀島 他　福岡　矢山哲治　34
――　東京　橋本風車　34　東京　櫻井江夢　35
眼病の友と會ふ　姫路　小山邦夫　35
白馬登攀 他　東京　香西照波　35

對流圏作品
── 富田穂波 36 大久保雅子 36
大久保節子 36 守永てい 36
原田優久枝 36 青柳文子 36
萩原光 36
編集後記 一朗 表3 消息 表3
句（一句） 中村草田男 表4
句（四句）一九三九年の仲秋 竹下しづの女 表4

成層圏第三巻第四号 通巻一二号 昭和一四年一二月一九日

発行所 成層圏発行所、編集兼発行人 竹下吉信

目次 表1
日記抄 竹下しづの女 表2
戦報 高橋金剛 1
宇宙線 詩と難解との断片 小川公彦 2〜6
成層圏作品第一集（A）
卒業論文はラスキン 京都 湊七三九 2
奥武蔵三句 東京 永井睡草 2
真夜の鏡 福岡 福田斎 3
桃山御陵 他 大阪 野上ひろし 3
鬼龍子集 福岡 竹下龍骨 3
── 東京 岡田海市 4
阪急デパート 福岡 岡部伏龍 4
── 東京 安斎秀夫 4 鹿児島 竹下健次郎 4〜5
東京 曽山蘇花 5 東京 香西照波 5
東京 出澤珊太郎 5〜6 東京 伊藤亞秀 6
京都 田中邱子 6 東京 大山としほ 6
前号成層圏作品鼎評 小川公彦 他 7〜12
成層圏第一集（B）
── 福岡 久保一朗 13
星月夜 東京 玉置野草 13
── 東京 櫻井江夢 13
向三軒両隣 玉置野草 13〜16
── 山口 三井茂樹 14 東京 吉田汀白 14
秋郊 福岡 小川公彦 14
── 京都 河野健 15
祖父の死 水戸 金子兜太 15
この秋二人の兄結婚す 他 東京 保坂春苺 15
── 福岡 御幡尚志 16 東京 伊藤弘完 16
東京 橋本風車 16
消息 16
── 京都 平松小いとど 17 東京 扇山彦星子 17
鹿児島 井上章 17

自己紹介 東京 瀬田貞二 17　東京 安斎秀夫 17
京都 田中邱子 17　東京 伊藤亞秀 17
放射線 夢ばなし　高橋金剛 18〜20
毒舌　香西照波 21〜23
短歌二首　出澤珊太郎 23
福岡句会 宮地嶽神社に於て　朝子 他 23
東京句会　珊太郎 他 23
成層圏第二集 24〜25
— 東京 橋本風車　東京 岡田海市　福岡 御幡尚志
祖父の死 他　大阪 野上ひろし 24
— 京都 平松小いとゞ　福岡 小川公彦　東京 安斎秀夫
金龍集 他　竹下龍骨 25
— 東京 香西照波 25　京都 河野健 25
阪急デパート（二）　福岡 岡部伏龍 25
— 水戸 金子兜太 25〜26　東京 保坂春苺 26
東京 伊藤亞秀 26　東京 吉田汀白 26
東京 櫻井江夢 26　福岡 福田斎 26
山口 三井茂樹 26
桜島噴火　鹿児島 竹下健次郎 27
— 東京 大山としほ 27　東京 曾山蘇花 27
対流圏作品（竹下しづの女 選）
阿蘇行　萩原光子 27
— 大久保雅子 27　青柳文子 28
菊野薫 28　富田穂波 28
東京句会 小いとゞ 他 28　戦塵 高橋金剛 28
編集後記 岡部伏龍 表3　次号要記 表3

成層圏第四巻第一号 通巻一三号 昭和一五年四月二五日

発行所 成層圏発行所、編集兼発行人 竹下吉信

目次 表1
会則 表2
目次 表2
成層圏俳句 1
— 水戸 伊藤弘完　伊豆 石廊崎　東京 岡田海市
福岡 小川公彦　福岡 岡部伏龍　京都 小田孔春
東京 大山としほ
帰郷 他　東京 扇山彦星子 1〜2
— 東京 香西照波 2
火葬場 他　東京 伊藤亞秀 2
— 水戸 金子兜太 2　京都 河野健 2
福岡 田中信義 2　鹿児島 里井節夫 2
京都 田中邱子 2〜3
みづすまし　水戸 館野喜久男 3

手術以後　福岡 竹下龍骨　3
十二月二十五日 他　東京 出澤珊太郎　3
茶房 他　京都 野上ひろし　3
――　東京 永井睡草　3　東京 橋本風車　3
京都 平松小いとゞ　3〜4　福岡 福田斎　4
水戸 福富壽雄　4
粉雪　大阪 湊七三九　4
玉競 他　福岡 御幡尚志　4
――　東京 吉田汀白　4
三唱　出征 高橋金剛　4
宇宙線「火の鳥」(1) ところどころ　瀬田貞二　5〜7
音波
水戸だより　伊藤弘完　7　東京だより　香西照波　7
俳句の鬼神　書けない火の鳥評　堀徹　8〜10
火の鳥　批判並に鑑賞　香西照波　11
火の鳥鑑賞　永井睡草　12　火の鳥　橋本風車　13
自己紹介　福富壽雄　13　自己紹介　山口國雄　13
踊段　岡田海市　14〜16
音波
静岡だより　永井睡草　16　水戸だより　金子兜太　16
東京だより　吉田汀白　16
成層圏俳句
――　東京 戸田青舸　17
自己紹介　水戸 高橋秀一　17　福高 田中信義　17
東京 戸田青舸　17
新入生歓迎句会四月十七日夜　草田男他　17
成層圏作品　第二集
火葬場　東京 伊藤亞秀　18
伊豆の旅 他　東京 岡田海市　18
――　福岡 小川公彦　18
検番通り(二)　福岡 岡部伏龍　18
――　京都 小田孔春　18　東京 大山としほ　18
東京 香西照波　18　水戸 金子兜太　18〜19
京都 河野健　19　福岡 田中信義　19
仰臥日記　竹下龍骨　19
こころ妻(四句)／火の鳥鑑賞　東京 出澤珊太郎　19
動物園　京都 野上ひろし　19
――　東京 永井睡草　19　東京 橋本風車　19
福岡 福田齋　19　福岡 御幡尚志　20
病中句 他　東京 吉田汀白　20
音波
北支だより　高橋秀夫　20　本郷だより　岡田海市　20
東京だより　香西照波　20　自己紹介　京都 小田孔春　20
探照燈　句評　鳴絃子　21〜22

〃　手記　皐太郎生　22〜23
富安風生より　23
加藤楸邨より　23
消息　23
音波　京阪だより　野上浩一　24
電離層（竹下しづの女　選）
――　岡部伏龍　25
篠崎朝子　25
小川公彦　25
萩原光子　25
大久保雅子　25
竹下龍骨　25
御幡尚志　25
大久保節子　25
高橋金剛　25
平松小いとゞ　25
大原にて　小田孔春　25
――　富田穂波　25
里井彦七郎　25
湊七三九　25
原田優久枝　25
大久保雅子　25
菊野薫　25
野上ひろし　25
竹下しづの女　25
自己紹介　舘野喜久男　25
録音
録音欄　開設につき　編集部　26
水戸高校俳句会　金子兜太　報　26
京大句会　平松小いとゞ　報　26
東大句会　香西照波　報　26
成層圏東京句会　照波　報　表3
編集後記　表3
作品（五句）　竹下しづの女　表4

成層圏第四巻第二号　通巻一四号　昭和一五年一〇月一〇日

発行所　成層圏発行所、編集兼発行人　竹下吉信

目次　表2
田舎の岩　中村草田男　1
臥床の月　竹下しづの女　2
成層圏俳句
――　東京　安斎秀夫　3
日光にて　他　東京　舘野喜久男　3
――　京都　河野健　3
東京　瀬田余寧　3
入湯記　福岡　竹下龍骨　3
作品　福岡　小川公彦　4
――　東京　永井睡草　4
東京　高橋木洩　4
大手術（一）　福岡　岡部伏龍　4
――　東京　大山としほ　4
東京　香西照波　4〜5
大阪　吉田汀白　5
東京　扇山彦星子　5
水戸　伊藤弘完　5
東京　作間正雄　5
土崎二句　他　秋田　橋本風車　5
祖父の死　追補　金子兜太　6

—— 東京 出澤珊太郎 6
中洲の夜 他 東京 玉置野草 6
—— 京都 平松小いとゞ 6 水戸 山口國雄 6
俳句的手腕について 河野健 7~8
芭蕉 その（一） 竹下龍骨 9~10
録音 京大句会 小いとゞ 報 10
〃 水戸高俳句会東京句会 喜久男 報 10
成層圏第二句集
旅中車内 野上ひろし 11
—— 東京 高橋木洩 11 東京 大山としほ 11
大阪 吉田汀白 11
大手術（二） 岡部伏龍 11~12
—— 東京 作間正雄 12
伊豆行 他 東京 瀬田余寧 12
—— 金子兜太 12 京都 河野健 12
大島に渡りて 他 東京 永井睡草 12~13
—— 東京 香西照波 13 東京 扇山彦星子 13
秋田 橋本風車 13
入湯記 竹下龍骨 14
會員消息 14
句評 兜 太 11~15
音波 秋田だより 秋田 橋本風車 15
録音 成層圏東京句会 珊太郎 報 16
〃 成層圏東京句会 珊太郎 報 16
〃 東京成層圏弘法山ピクニック 珊太郎 16
〃 福岡成層圏句会 しづの女 他 16
編集室 17
自己紹介 東京 作間正雄 17
雑詠募集 表4

成層圏 第一五冊 昭和一六年五月一五日

発行所 成層圏発行所、編集兼発行人 竹下静廼

風立ちぬ 香西照波 表2
薩南の旅 竹下しづの女 1
遭難者 中島斌雄 2
日本俳句作家協会綱領 2
遠信 中村草田男 3~7／16~17
成層圏俳句
—— 東京 柴田柑子 3 東京 櫻井江夢 3~4
秋の寂寞 鹿児島 奈倉鶯邱 4
—— 東京 扇山忠男 4~5 秋田 橋本風車 4~5
東京 金子兜太 5
日獨庭球試合於甲子園 大阪 野上ひろし 5

—— 大阪 吉田汀白 5〜6
東京 館野喜久男 6
東京 香西照波 6
東京 江口青虻 6
東京 高橋沐石 7
福岡 竹下龍骨 7
自己紹介 高橋沐石 7
芭蕉 その（二） 竹下龍骨 8〜9
自己紹介 奈良一郎 9
A部（中村草田男選） 10
水府城 東京 山口國雄 10
—— 東京 金子兜太 10
東京 出澤珊太郎 11
東京 扇山彦星子 11
大阪 吉田汀白 11
東京 館野喜久男 11
東京 高橋木洩 11
（卒業論文を了る） 他
東京 香西照波 12
—— 東京 橋本風車 12
東京 永井睡草 12
福岡 齋藤九穂 12
東京 高橋沐石 12
福岡 松本陽吉郎 12
福岡 竹下龍骨 12
東京 江口青虻 12
東京 作間正雄 13
鹿児島 奈倉一郎 13
B部（竹下しづの女 選）
—— 福岡 小川公彦 13
秋田 橋本風車 13
福岡 竹下龍骨 13
東京 大山としほ 13〜14
東京 永井睡草 14
東京 出澤珊太郎 14
大阪 吉田汀白 14
大阪 野上ひろし 14
東京 金子兜太 14
東京 扇山彦星子 14
福岡 松本陽吉郎 14
鹿児島 奈倉一郎 14
東京 館野喜久男 14
福岡 齋藤九穂 14
東京 香西照波 14
句信 草田男 報 15〜16
戦線より 高橋金剛 16
自己紹介 江口青虻 16
柑子記 表3
会計報告 表3
会費領収報告 表3
会記 表4
消息 表4
募集 表4

成層圏たより 第一輯 昭和一八年七月

発行人 竹下吉信

「成層圏たより」発刊のおたより 竹下龍骨 1
目次 2
雁信第一部 2
山部宿祢赤人望不盡山歌 3
反歌 3
大伴宿祢家持之歌 一首 3

昭和十七年　4

謹賀新年　一月（一九四二・一）　北支　岡田任雄　4

――五月・六月・八月・十月　永井皐太郎　4～10

昭和十八年

――五月（二通）　御幡尚志　10～11

贈　御幡　福岡　小川公彦　11

――　北ボルネオ　橋本風車　12～13

――六月　永井皐太郎　13～14

句信　野上ひろし　14

第二部

昭和十七年

――一月　玉置野草　15～18

句（五句）雪の短艇訓練　玉置野草　19

昭和十八年

――二月　野上ひろし　20

――四月　永井皐太郎　21～22

句（二句）　しづの女　表4

中央ボヘミヤの風景　リルケ　表4

「成層圏」は昭和一六年で終刊したが、その後、龍骨単独で昭和一七・一八年の「成層圏」会員らの書簡を収録した「成層圏たより」が発行された。

年譜

昭和一二年

三月、竹下しづの女の長男龍骨を中心とする福岡高校俳句会の主唱により「高等学校俳句連盟」結成。参加校は福岡高校（竹下龍骨・岡部伏龍・久保一朗・玉置野草・野上ひろし・壱岐俊彦等）姫路高校（香西照雄・内海洋一等）山口高校（大山としほ）なお、遅れて福岡高校の小川公彦、姫路高校の里井彦七郎、山口高校の永井皐太郎、同志社大の湊七三九等も参加した。

四月、福岡の龍骨、伏龍の編集で機関誌「成層圏」創刊（隔月刊）。一一名の自選作品しづの女の作品及び同人作品評、一般購読者のためのしづの女選句欄等が、創刊号の主内容であった、後記に、中村草田男・竹下しづの女両氏指導承認とある。

六月、二号刊、しづの女の俳論「新蝶故雁」（古雁）連載始まる。四号より水戸高校の出沢珊太郎参加。

昭和一三年

一月、第二巻第一号刊。後記に草田男氏多忙のため顧問を辞退せられるとある。二号より金子兜太（水戸高）入会。

昭和一四年

一月、中村草田男、照雄の仲介で顧問復帰。

二月、彦七郎編集の第三巻第一号刊。（以後編集は各地会員の輪番制となり、印刷発行は福岡の龍骨の許で行う。）岩田紫雲郎を客員に推す。六高や七高からも参加。この頃より会員の大学進学のため、「学生俳句連盟」と改称。

三月から四月にかけて、照雄の世話で東大生等の間に草田男を指導者とする成層圏東京句会が創られた。（蓼汀が客員として参加、幹事は照雄がつとめた。）最初のメンバーは、堀徹・曽山蘇花・吉田汀白・橋本風車・岡田海市・玉置野草・保坂春苺・余寧金之助・香西照雄・大山としほ・川門清明・出沢珊太郎（皐太郎）等。以後毎月一回の句会を持った。なお、メンバーのほとんどが、山口青邨指導の東大ホトトギス会や学士会館の草樹会（草田男が幹事）にも出席した。

六月、川門清明編の二号刊、福岡グループの句を評した草田男の「遠信」載る。一〇月刊の三号に東京グループの句を評した「遠信」（草田男）載る。

この前後に、京大ホトトギス会の河野健・平松小いとど・田中邱子や東大の桜井江夢・岸本山羊子・伊藤亜秀が入会。この頃より東大と京大との句会が、作品を交換、相互評を始めた。（一五年まで）

七月、草田男・楸邨・波郷等の「新しい俳句の課題」と題する座談会があり、人間探求派の名称起る。外国語訳付成層圏合同句集がしづの女等により企画されたが、実現せず。

一二月、草田男の「火の島」出版祝賀会を東京句会で催す。この頃しづの女中耳炎で病臥。

昭和一五年

一月、「夏草」復刊。

四月、第四巻第一号として、「火の島」批判と鑑賞（徹・金之助・照雄・海市・清明・風車）を特集。後記によると、この頃より会員以外にも購読者が多くなったらしい。この前後に三井茂樹・館野喜久男・高橋秀一・山口国雄・伊藤弘完・矢山哲治・扇山彦星子・作間正雄・小田孔春・清水能孝・安斎秀夫・竹下健次郎・高橋金剛・御幡尚志・福田斉等入会。

九月、東京句会幹事に珊太郎となる。

一〇月、珊太郎編集の二号刊。後記に隔月刊を毎月発行に改め、自選句発表と併行して、次号より草田男・しづの女選の雑詠募集をするとある。この頃、福岡警察署より成層圏廃刊を命ぜられ東京発行を図ったりした。その後龍骨の懇請により単行本の形式での刊行を許される。「寒雷」創刊。この頃の会員の投句俳誌は「ホトトギス」・「夏草」・「馬酔木」・「鶴」・「土上」・「寒雷」等であった。

一二月、日本俳句作家協会結成。

昭和一六年

三月、照雄卒業、東京を去る。

四月、兜太東大入学。

五月、龍骨編集の第一五冊目を発行。この号は「颱」鑑賞特集の予定だったが、中止、照雄の批評のみ掲載。この号で初めて草田男・しづの女選の雑詠欄を設ける。草田男の「遠信」、中島斌雄の作品を掲載、この号で、高橋沐石・江口青虻等入会、会員数五〇名ぐらいに達する。一五号発行以後、安東次男入会。第一六冊目を草田男中心、東京発行の雑誌にするという案が東京同人の間にあったが、実現せず、廃刊。以後は草田男指導の毎月の句会のみ。

珊太郎のくり上げ卒業のため、九月より喜久男が東京句会の幹事となる。珊太郎・清明を始めとする会員の入営応召が多くなる。

昭和一七年

「寒雷」へ投句していた沢木欣一・原子公平が七月頃より、赤坂山王の「山の茶屋」の東京句会に出席。

九月より兜太が東京句会幹事となる。

昭和一八年

七月、堀徹・兜太が草田男の援助を受け、成層圏全員の合同句集「海角」刊をはかり、徹の跋文まで用意したが、未刊に終る。

九月、兜太卒業のため、幹事を止める。以後公平らの世話で続いたが冬ごろ絶える。

昭和二一年

春頃からの準備会を経て、徹・金之助・照雄・海市・珊太郎・清明・風車・汀白などの参加で十月に草田男主宰の「万緑」創刊。

五月、欣一・公平によって「風」創刊。

昭和二二年

兜太・次男が参加。年末に珊太郎の出資で旧成層圏同人を中心とする同人誌「青銅」が計画され初号印刷までしたが、頒布も十分にせず中止。

※この年譜は香西照雄編著『定本 竹下しづの女句文集』より転載した。

初句索引

①初句は、現代仮名遣いによる五十音順で配列した。②初句にルビが振ってある場合はルビの順に配列した。（塔屋（タワー）→た行）③初句の中には、一部読みが難解で不明のものがあるが、読者の便宜を考えルビを付した。

あ

相倚りて　23
藍を溶く　26
青葦の
　囁きやまず　24
　風透徹す　42
青葦を　14
青きネオン　31
青く貴き　170
青芝を　174
青蔦が　42
青蔦の
　窓の大学　42
　窓の燈を恋ひ　42
青鶴見　176
碧の巖　174
青葉木兎　40
青由布に　176
青林檎
　喰ひた丶かひの　170
　喰ひ読めり　170
　四顆抱き　170
　四ツ切りにし　170
赤鬼の　176
アカシアや　25
赫茶けし　26
秋風に
　己の顔が　164
　吹かるる心の　41
秋風を　30
秋空に　173
秋の雨　30
秋晴の　16
悪妻の　31
開けたてに　27
明けて葬り　23
朝寒や　12
朝の路　29
旭の薔薇に　10
葦刈りの　14
葦刈の　15
葦枯れて　37
葦咲いて　32
紫陽花や　23
脚高の　11
葦の穂の　22
葦火して　22
汗臭き　27
汗の身を　21
新しき　29
穴を出し　41
雨重し　45
雨風に　15
あめつちに　39
水馬　14
あやめさき
　うすむらさきを　163
　つちのにほひを　163
　みづはにごれり　163
あらくさに　27
蟻地獄　29

い

医院羨し　165
医員若し　176
家貧にして　30
怒ることありて　28
生きてゆく　170
忌ごもりの　19
苺ジヤム
　甘し征夷の　32

男子はこれを　32
　つぶす過程に　32
いつまでも　167
凍て畳に　13
凍て飯に　13
稲田埋め　165
稲妻の
　ぬばたまの闇　39
　闇ぞ鋼鉄の　39
稲芽吹く　165
稲刈の　15
いまそかるみ　19
色鳥を　37
磐に鬩ぐ　36

う

鶯が　32
牛車　162
埋火に　33
埋火の　33
埋火や　33
薄ら日に
　金繍の李花　173
　金龍の背の　173
薄ら日の　174
詩書くや　13
打水や　11
空蟬を　169
うつぶして　35
梅おそし　36
梅遅し　36
梅白し　36
梅に翳すは　34
梅に紅梅あり　40
梅干と　177
梅を供す
　親より背より　39
　父と背は　40
梅を手折る　40
うらぶれや　11
麗や　36
愁あり　14

え

英霊も秋風に　35
疫病来り　172
枝蛙に　10
枝ながら　17
緑樹炎え
　日は金粉を　27
　割烹室に　27
炎帝に
　女神の腕の　169
　女神の歎き　168
煙突の　21

お

大いなる
　弧を描きし　25
　月こそ落つれ　15
　寝手袋をして　17
奥へ奥へ　168
幼きは　163
おそき子に　33
おそろしき　37
遠(をち)の灯の　17
落葉路　37
をとこをんな　162
男笑ひ　174
処女二十歳に　11
おばしまに　27
おもむろに　21
俺がする　165
俺が作る　165
俺の目の　165
温室咲きの　18
女の不幸　43

か

カーネーション　175
海崖の　172
外国の　177
回診あり　175
回転扉

　ギイとボーイは　162
　黄金の鋲　162
　黄金文字 cafe　162
顔いろ　175
書初や　14
柿をむきて　28
かく粗く　36
学士となりぬ　169
学窓秘話　42
学友の　177
影させし　15
影を曳く　25
火口晴れ　166
火口玄し
　採鉱夫蠢く　166
　天日は　166
家事育児に　31
貸してある　24
貸ボート　21
貸家より　19
風切るは　167
固き帯に　10
かたくなに
　櫟は黄葉　28
　枝垂れぬ柳　19
　日記を買はぬ　33
　吾が額つかず　31
肩に背に　42
片頬に　33
片翼を　168
学校の　16
嘗てみかどを　39
かつと吐く　171
蝌蚪の水　23
彼方にも　17
架に書なし　43
彼の漢　14
蚊の声の　32
蛾の眼すら　45
鴨撃ちに　40
髭吊して　13
刈稲の　32
刈り刈れど　171
カルタ歓声が　13
枯葦に　22
枯蘆に　39
枯葦の
　辺に夜の路を　37
　撥止とかへす　41
枯木より　164
枯銀杏　36
枯笹と　11
枯蓮や　38
かはせみに
　蔦をよそはぬ　20
　襤褸の漢　20
翡翠に　26
翡翠の　26
かはほりに　42
寒暴れの　33
考へに　25
寒行の　34
寒禽と　15
寒雀
　颪の簇に　28
　傲岸に蘆華　36
旱天に　172
寒波来し　32
寒波来ぬ　32
寒風と　28
寒鮒を　30
寒紅の
　デパート娘の　165
　デパート娘は　165
監房に
　石廊雷鳴を　169
　雷鳴を聴く　169
寒夜鏡に　13

き

鍵板(キイ)打つや　10
幾何を描く　25
木々に芽を　39
起居懈し　23

起居の翳 38
菊美し 38
菊鴾いろ 165
ギザギザの 18
階高く 32
如月の 175
機銃射つ 167
傷つきて 170
傷鈍痛 175
帰省して 39
北風に
　飛ぶ人の隻語を 38
　松を壁とし 177
きちきちまぶし 37
きちきちに 37
啄木鳥や 14
黄なる帽 166
黄バラ濃し
　裸女腰細く 163
　裸女の黒髪 163
汝儕（きやつら）の句 24
窮措大肩 12
今日より吾 44
喬林に 44
霧濃ゆし 14
霧の海 12
霧迅し 18
鬼龍子に 173
銀雲に 176
銀皿に 162
禁制の 17
金線なり 173
銀の爪 19
金龍の 173

く

鎖二本 11
糞と唇を嚙み 172
雲散れり 175
黒き瞳と 28
群衆に 25
軍需輸送の 34
軍隊の 34

け

毛糸編み 25
磬響き 174
撃墜す 168
芥子摘めば 10
消せ消せと 171
月光を 19
化粧ふれば 22
玄海に 20
剣腰に 167

こ

航空標識
　燈光織女 43
　燈の梢に中りて 43
黄沙来と 45
好日や 38
紅塵を 27
降霜期 31
校内も 16
香の名を 19
黄葉す 37
香料品 165
氷柱獲ず 177
児が駈けぬ 22
凩に 40
御忌僧一人 12
焦けし頰を 30
苔の香の 32
子乞食に 22
心晴れ 170
小作争議に 27
小作米 164
小作より 26
御座空し 173
古城の壁 174
子といくは 35
ことごとく 18
今年尚 12
児に頒つ 20

この梅に 27
この国の 38
この埴輪 167
這婢少く 10
籠雲雀に 18
小風呂敷 24
高麗障子 174
米提ぐる 41
米提げて
野路の雪はた 41
火を吐く喉を 41
もどる独りの 41
米にのみ 41
今宵今年の 44
子を負うて 12
子をおもふ 17
混凝土（コンクリート）に 176
金色の 35

さ

採鉱夫
火口下りたり 166
火口下る 166
火口下れば 165
火口に下りき 166
火口へ下る 166
背なる俵に 166
噴煙隠り 166
噴煙に青服 166
マスクせず 166
見守る眼に 165
採鉱夫の 166
五月乙女の
笠昏きまで 40
笠の咫尺に 40
笹枯れて 26
笹握み 171
笹に斬る 171
雑音に 16
五月鯉 27
鯖提げて 16
醒むるなき 169
ざわざわと 169
残菊や 36

し

塩鰯 35
鹹き 21
指揮官機 168
シクラメン 15
四五人の 24
司書わかし 20
滴りて 11
市中明け 172
実験の 169
篠白し 24
地蜂や 162
紙幣と吾と 165
事変手記 177
清水掬むや 10
凍む夜掌に 177
車掌あはれ 162
ジヤズ湧きぬ 168
寂光に 164
赤光を 29
車輌吹雪き 34
秋雨来ぬ 30
秋耕の 16
十三夜 16
終着の 177
修道女の 22
秋日こめて 11
終列車の 12
樹冠洩る 168
樹頭より 38
樹皮壊え 169
受話機もて 23
純白の 44
春服や 26
春霧れる 175
書淫の目 169
硝酸を 170
傷兵に 34
傷兵の 33

燭返し 167
織女星に 43
書庫瞑く
　書魔生(あ)る、 23
　春尽日の 22
書庫暗し 20
書庫瞑し 25
書庫の書に 22
書庫の窓 19
書庫古りて 26
女声合唱 168
書に触るる 31
書魔堰いて 26
除夜の鐘 13
白萩に 37
人絹の 22
死んではならぬと 43
人糞や 162

す

随身の 25
水飯に 18
睡蓮に
　青羅の 174
　石造殿の 174
水論に 16
数式を 169
スキーヤの 22
鋤鍬と 38
鮓おすや 17
頭上なる 172
鈴懸黄樹を 35
涼しさや 20
スチーム夜半 175
既に陳る 24
鮓手ン手に 11
昴は神の 37
すみれ摘み 39
棲めば吾が 21

せ

青春の 18
青春を 45
製図室 169
青銅の 163
税払ひ 170
石炭を 36
積乱雲 43
雪嶺と 15
泉室の 176
泉室へ 176

そ

掃苔の 24
掃苔や
　景行帝の 19
　夫なき母を 24
添へ髪の 14
そくばくの 27

た

退院ならず 177
大学生に 35
大旱の 21
颱風鬼 30
颱風に 27
颱風の 16
颱風は 30
颱風を 44
田植え女
　歌はず既に 172
　腿白し畦を 173
田植え女の 172
滝見人 10
田草取に 32
卓の貝 20
茸狩るや 17
たゞならぬ 29
たゝまれて 33
断つべきの 44
蓼咲いて 21
田に戻る 172
谿の家 30
種子明す 25

旅衣　18
旅疲れ　18
旅人も　33
霊棚や　18
塔屋（タワー）白し　24
煖房車に　34

ち

ちひさなる　14
茅に膝し　32
父のなき　21
乳啣ます　10
血に痴る蚊　43
地の苔　168
乳房もつ　167
茅萠え　31
着陸す　168
茶屋ひくし　34
ちりひじの　33
散る梅に　34

つ

つひにひとり　169
月あらば　21
月代は　16
月既に　17
月の名を　27
月まろし　28
月見草
　勤労の歩の　29
　灯よりも白し　29
月見草に
　子におくる、　20
　食卓就（な）りて　20
月を浴び　11
月を見る　43
附替の激痛　175
蔦青し　42
土かなし　38
土蜂や　25
つづれさせ
　貧しき歴史　44
　虫今孜々と　44
椿落ち　38
唾壺抱き　43
夫遠し　35
夫の忌を　32
梅雨ちかし　172
梅雨の夜を
　仕事それぞれ　164
　知らぬ女と　163
　ニュース映画に　163
貫之の　20
つはものへ　170

て

的礫や　26
鉄扉して　31
手袋とるや　12
電気炬燵に　12
天井を　173
天に牽牛　41
　展望台　164

と

藤椅子の　24
どくだみに　44
常乙女めく　23
とことはの　13
年けはし　36
年立てり　31
都塵濃し　27
嫁ぎゆく　28
とても霽れぬ　11
殿籠る　173
巴戦　167
鳥追の　22
鳥雲に
　児を措きて　15
　伏屋の女人　40

な

なつかしし　36

夏雲を 176
夏潮は 30
夏芝に 164
夏芝や 164
夏園や 11
夏蝶に 42
夏帽や
　女は馬に 15
　太眉秘めて 10
夏痩の 11
夏痩もせず 14
汝に告ぐ 31
菜の花に 162
楢櫟 28
汝を悼む 39
汝がゆくて 30

に

鳰の描く 28
鳰載せて 15
二月ぬくし 175
二重人格に消し 11
日々の 20
女人商邁 44
女人高邁 32

ぬ

額づけば 18
額に汗し 27
偸みたる 26

の

軒ふかし 26
飲まざれば 177
蚤と寝て 42

は

海鸁（ばい）打に 22
廃宮の 173
廃宮や 173
梅林に 33
蠅に鼻鼾 43
はかなけれ 174
萩に似て 20
白衣遅歩 170
爆撃へ 167
白鶴の 173
葉鶏頭に 164
畑打つて 15
鉢棚を 13
バット、チェリー 176
初鶏や 13
初富士の 33
華葦の 21
花菜散る 17
花日々に 19
花吹雪く 31
華やかや 14
花ゆすら 41
離れ棲む 34
母帰るや 25
母の名を 19
母の道 38
早雲泛べり 172
薔薇白し 43
春雨と 36
春夜人 13

ひ

柊に 162
稗の穂は 24
秘苑たぬし 174
秘苑の秋 174
秘苑の松 174
弾っ放して 10
飛行服を 167
跪き防塁の 164
泥と血の 177
鶲（ひたき）来て 25
鶲の路 25
跛（びっこ）来て 176
ひつそりと 168
旱（ひでり）の未明
　胎内のあが 172

みゝずにたかる　172
一枝の　17
ひとへもの　39
人死なせ来し　37
一掬の　45
人の征くところ　38
人膚に消て　30
灯（ひとも）りぬ　23
孤り棲む　39
日に昏く　40
胼（ひび）ふえて　12
悲憤あり　35
百千の　24
病室の　175
鵯問へば　35
鵯鳴いて　35
ひよどり来　19
ビル聳てり
　人の深れを　162
　窓を少く　162
日を追はぬ　15
婢を具して　28
貧厨に　18
ピン抜くや　12
貧乏と　18

ふ

風鈴狂へり　35
風鈴に
　相黙し　43
　青葦あをき　26
風鈴の　41
風鈴や　26
梟に　21
梟や　21
節穴の日が　22
伏し重つて　10
藤棚に　16
臥床の吾　40
扶助料といふ　43
舟虫に　172
吹雪く車輌　34
踏みのぼる　17
ぶゆ襲ひ　168
冬木鳴る
　昴の星の　37
　闇鉄壁も　37
冬の灯の　169
冬の灯を　170
冬の廊　167
ぶゆ湧きぬ　168
プラタナス　175
孵卵器も　23
孵卵器を　23
ふり仰ぐ　167
フリージヤ噛んで　13
古里の　37
古里は　15
故里を　24
降るは落葉　37
噴煙襲ひ　166
噴煙きぬ　165
噴煙に　167
噴煙は
　凪に乗り　166
　侏儒の　166
踏んばつて　17

へ

弊衣無帽　39
兵送る　170
兵還らず　170
壁炉あかし　34
壁炉美し　34
壁炉眩し　34
ヘッドライトに　12
紅葦の　11
ペンが生む　45
片舷（へんげん）となり　167
ペンだこに　28
へんぽんと　175

ほ

宝庫番と　33

芳草の 42
欲りて 40
防塁眠り 163
防塁灼け 163
墓参路や 18
干梅の 20
星すでに 37
星祭る 34
母婦会の 23

ま

曲りたる 15
まつくらき 28
真額に 19
松の巨体 171
松葉杖 176
松林 171
祭り人 14
窓しめて 17
窓の合歓 42
眉をあげて 41
円き日と 25
曼珠沙華 44
万葉の 29

み

短夜や 10
短夜を 10
瑞葦に 26
水鳥 39
水鳥に 30
乱れたる 10
路幽く 31
三井銀行の 11
蜜蜂の如 13
実南天 177
身の高さ 171
み仏に 21
未明の海藻 172
民族悲劇 44

む

無月にもあらず 35
虫にすら 44
虫の音を 44
紫の 28
村人に 24

め

妻が守る 35
芽榛や 20

も

網膜に 29
木蓮に 29
鵙昏るる 38
鵙裂帛の 35
ものの香を 33
桃美し 23
桃太り
　コンコン狐 163
　猿蟹合戦 163
門内や 16
紋のなき 20

や

夜警の鍵 175
やすまざる 34
痩せて男 24
痩せ麦に 26
八ッ手散る 28
山火叩く 171
山火事と 171
山火事の
　煙くぐりて 171
　人夫を指揮し 171
山坂攀ぢ 171
山上(憶良) 29
山の蝶 32
山火炎ゆ
　嘗て幼の 29
　乾坤の闇 29
山桃の 172
山桃振ひ 171

山桃を伐り 171
山をなす 17

ゆ

夕顔開花 42
夕顔ひらく 42
夕粥や 175
憂愁は 40
遊船に 16
夕日赫っと 30
郵便の 18
雪の夜の 43
雪ふかき 28
指のごとく 177
由布青し 176

よ

用納めして 31
翼(よく)折れぬ 168
浴泉に
彼レウマチスの 176
溶けよとばかり 176
夜寒児や 12
ヨットの帆 23
蓬摘む 29
蓬萠ゆ 29
夜ぞ深き 30
夜長き
女蚕の如く 12
女裁板抱いて 12
夜の精霊
草の匂と 164
人臭よりも 164
杜に唖声を 164
夜の闇 21
夜半の雪 43
夜半の吾が 40

ら

ラガー今 41
ラガー彼 41
落魄の 174
裸女が抱く 163
裸女彫りし 162
ラムネあふる 42
ラムネ飲む 41

り

李花御座に 173
栗鼠降りて 174
吏愉し 23
流材に 16
寮の子に 31
緑蔭や 23
痢を病むや 44
林檎剝く 175

る

留守居妻 13

ろ

老楠の芽 171
老醜や 31

わ

吾が胃 35
吾がいほは 21
吾子ををし 22
吾が皓歯 30
吾が米を 41
我が子病む 36
吾が性に 38
吾が寝園 40
吾児美し 19
わがよろこびと 12
分け行けば 169
渡さるヽ 165
吾れ語彙に 39
我を怒らしめ 27

竹下しづの女・龍骨年譜

（龍骨関係は四字下げで示す。参考・①香西照雄編著『定本 竹下しづの女句文集』②竹下健次郎編著『解説 しづの女句文集』③竹下しづの女句碑建立期成会『句碑建立記念竹下しづの女』）

1887（明治20） 3・19 福岡県京都郡稗田村大字中川（現・福岡県行橋市中川）に父宝吉、母フジの長女として出生。本名シヅノ。

1894（明治27） 七歳 4 稗田尋常小学校入学。1898・3 同校卒業。

1898（明治31） 十一歳 4 行事高等小学校入学。1902・3 同校卒業。

1902（明治35） 十五歳 4 京都郡内教員養成所入学。1903・4 同養成所卒業。

1903（明治36） 十六歳 9 福岡県女子師範学校本科入学。1906・10 同校卒業。

1906（明治39） 十九歳 10 福岡県京都郡久保尋常小学校訓導となる。

1908（明治41） 二十一歳 東京音楽学校師範科生として、福岡県知事より推薦を受けるが、体調を崩し進学叶わず。3 福岡県京都郡稗田尋常小学校訓導となる。1909・10・26 休職

1911（明治44） 二十四歳 福岡県立小倉師範学校訓導となる。1912・7・31 依願退職

1912（大正1） 二十五歳 11 水口伴蔵と結婚（養子縁組）

1913（大正2） 二十六歳 3・14 長女・澄子出生。

1914（大正3） ―10・20 父伴蔵、母シヅノの長男として吉信（龍骨）出生。

1917（大正6） 三十歳 3・21 次女・淳子出生。11 父、宝吉没。

1919（大正8） 三十二歳 1・5 次男・健次郎出生。暮冬、吉岡禅寺洞を識り、加朱を受ける。

1920（大正9） 三十三歳 4 「ホトトギス」に投句を始め、「短夜や」の句で8月号の巻頭を飾る。秋、日野草城を識る。

1921（大正10） 三十四歳 5 この頃より、俳句の主観、及び季の問題に懐疑、懊悩。終に解決を得ず句作をたつ。9・30 三女・淑子出生。

1925（大正14） ―十一歳 肋膜炎のため学業を休学。

1927（昭和2） 四十歳　草城の句集『花氷』の跋文を書く。

1928（昭和3） 四十一歳　高浜虚子の来福を機として、再び句作を再開。ついで「ホトトギス」同人に推される。

1929（昭和4） 四十二歳　4 浜田町（現・中央区草香江）に自宅を新築。この年に句集刊行を準備する。

1930（昭和5） 四十三歳　7 台風での句稿の散逸、体調の悪化、家族の大病のため句集刊行を中止。12・5 夫・伴蔵、粕屋郡立粕屋農学校校長となり、その後校長官舎に転居。

1931（昭和6） 冬　この頃、腹部に大きな化膿症を患い、横山白虹の手術を受け長期間入院。
――十七歳　この頃「ホトトギス」に投稿。入選を果たすが、しづの女から高校合格まで作句を禁じられる。

1932（昭和7） 四十五歳　4・3 長女・澄子、横山白虹の媒酌で山藤一雄と結婚する。

1933（昭和8） 四十六歳　1・25 夫・伴蔵脳溢血のため急逝。校長官舎を出て、福岡市春吉町の借家に転居する。

1934（昭和9） 四十七歳　福岡県立図書館に出納手（児童閲覧室係）として勤務。
――二十歳　3・28 旧制福岡高等学校文科独類（乙）に合格。入学。交友会誌で活躍。

1935（昭和10） 四十八歳　秋　吉岡禅寺洞、河野静雲、久保より江らの協力を得て、俳句短冊頒布会を企画し、その資金で浜田町の敷地に平屋の家を建て、翌春に転居。

1936（昭和11） ――二十二歳　友人岡部寛之（伏龍）と「高等学校俳句連盟」の設立を企画。

1937（昭和12） ――二十三歳　4 九州帝国大学農学部林学科に入学。機関誌「成層圏」を創刊。（4・25）
五十歳　6・17 長女・澄子一家、台湾へ赴任。

1938（昭和13） 五十一歳　4 次男・健次郎、第七高等学校造士館に入学。
――二十四歳　7 樺太旅行の途、北海道に遊行し、石田雨圃子、小野白雨、田元氷河の句会に出席。また大函まで招待を受け、帰福。
8・28 横山白虹、橋本多佳子らと小倉の櫓山荘に清遊。

1939（昭和14） 五十二歳　1 上京して虚子に会う。
4 図書館を辞職し、ヘルニアを手術。病気静養する。
――二十五歳　9 九大農学部朝鮮山林見学旅行に赴く。

1940（昭和15） ――二十六歳　2・15 手術を受ける。

3・27 九州帝国大学農学部林学科卒業。研究室副手となる。

病気入院から退院し、自宅療養をする。7・29 東京より玉置野草来福、歓談する。

8・5「成層圏」のことで市警察に出頭命令。8・6 始末書を提出するよう求められる。

8・24 奉公館にて句会。

五十三歳 10 三省堂より「俳句叢刊」の一巻として、句集『颱』を刊行。

——11・1 特高より「成層圏」廃誌命令。12 入院。

1941（昭和16） 五十四歳 3 健次郎、第七高等学校造士館卒業。その卒業式出席のため、鹿児島に赴く。

4 健次郎、九大工学部応用化学科に入学。

——二十七歳 6「成層圏」休刊。

1942（昭和17） ——二十八歳 1・15 九州帝国大学大学院に進学。3・10 九軍神の讃歌を読売新聞社に投稿。

1943（昭和18） 日本文学報国会より「傷痍軍人慰問行」を嘱託される。

——二十九歳 7「成層圏たより」第一集を発行。

1944（昭和19） 五十七歳 秋 吉信の看病に心労する。

——三十歳 結核のため、九州帝国大学付属病院に入院。（〜翌年夏まで）

1945（昭和20） 五十八歳 秋 郷里の農地を確保するため、農地の一角に丸太小屋を建て、村人の助けを借りて、五反の田を農耕。自家米を福岡の子ども達に運ぶ。

——8・6 没。享年30。

1949（昭和24） 六十二歳 九大俳句会の指導を始め、翌年秋頃まで続けたが、高血圧・糖尿病のため中断。

暮 母・フジ発病。その看病に心身疲労。

1951（昭和26） 1・18 フジ、没。6 肝臓病が悪化し、九大付属病院に入院。

8・3 没。戒名「静智院釈閑室貞窓大姉」享年64。

【解説】心高鳴り

野中亮介

短夜や乳ぜり泣く児を須可捨焉乎《すてつちまをか》

「しづの女」といえば必ずといっていいほど引き合いに出される一句です。現代風に表現するならば「早くも夜が明けそうだ。まだ、お乳が足らないのだろうか。なんで泣き止まないのだろう。ぐずり泣く児よ。ああどこかに捨ててしまいたいほどだ」となるのでしょうか。泣く児に無理矢理、乳首をふくませて自らもうとうとするしづの女なのです。

この句でしづの女が「ホトトギス」の巻頭を取ったのは大正九年八月号でのことですから、約一世紀も前のこととなります。その作品が色褪せるどころか、みなさんに愛されている根底には、社会や家庭での女性の地位がさほどしづの女の活躍した時代とは違っていない、という背景があるのでしょう。

そうした内容の魅力を支えているのが、下五の「須可捨焉乎（すてつちまをか）」という大胆な表記方法であるのは間違いないところでしょう。これは万葉仮名を応用した手法といわれていますが、漢文の要素も含んでおり、「須く捨つ可けん乎」、とでも読み下すのでしょうか、反語的な表現となっています。「捨ててしまおうか、否、決して捨てることなどはしない」そこには単なる否定を越えた強い現状肯定があります。しづの女の俳句を貫く強さは、夫も子も捨て、家庭そのものを抛って生きて行く、という奔放さとは違う逞しい意志なのです。この姿勢は終生一貫して変わることはありませんでした。

　しづの女は明治二十年三月十九日に現在の福岡県行橋市中川に生まれました。城戸淳一氏によれば生家の隣地区には豊前国を代表する漢詩人、村上佛山《ぶつざん》の私塾「水哉園《すいさいえん》」があり、この地区の住民は漢文、漢詩に親しむ土壌があったそうです。しづの女自身も「短夜や」の句を「自句自解」にて「漢文を平気で書く癖があって此場合にも何の顧慮もなくかいた」と記しています。このようにしづの女にとって漢文が身近なものであったことは、単に俳句に漢文を模した表記法を利用するという技巧的な側面ばかりではなく、むしろ、その当時、素読されていた四書五経などの漢文・漢詩の深い内容に知らず知らずのうちに強く影響を受けていたと考えても不思議はないでしょう。

　幼少から高い教育を受けていたしづの女は明治三十六年、難関の福岡県女子師範学校に入学を果たしています。師範学校では漢文が重視されていたこともあって、伸び伸びと勉学に励んだことでしょう。漢文の他にも音楽や図画に関心があったようです。特に音楽に強い興味があったことは、しづの女が久保尋常小学校訓導として奉職した翌年、東京音楽学校師範科へと進学を希望し、残念ながら試験直前の体調不良により受験は叶わなかったのですが、福岡県知事から推薦状を得て受験を計画していた経緯から伺い知ることができます。幼少からしづの女が親しみ魅了されていた漢文の素読の音律美、そして、音楽への強い憧憬、筆者はしづの女の「音」への優れた耳を感じるのです。

俳句が韻文である以上、韻律、調べに作者の心を乗せて謳い詠む必要があります。つまり、しづの女は「須可捨焉乎（すてつちまをか）」という漢文調表記における反語表現より、「すってちまおか」という促音を利用した韻律に自らの心の弾みを託すこと重視していたのではないでしょうか。現在もこの作品が人気を保っている理由にはそこにありましょう。

ことごとく夫の遺筆や種子袋

昭和八年、粕屋農学校校長であった夫、伴蔵が脳溢血で急逝してしまいます。しづの女は農学が専門であった夫ゆえに、遺した「種子袋」を振って囁くごときその声を聴いたのでしょう。聴くべきものをしっかりと聴き取るしづの女の耳なのです。

五人の子供の内、長女は嫁していましたが四人は就学中であり実母も健在でした。四十七歳になっていたしづの女は福岡県立図書館児童閲覧室の出納手として働くこととなるのです。本好きの彼女にとって万巻を有する職場での勤務は数多くの新しい知識を与えたことでしょう。そのことが職業婦人として立派に人生を全うするという覚悟を彼女に一層もたらしたのです。

汗臭き鈍《のろ》の男の群に伍す

その思いを直接に表した作品です。女性であっても寡婦であったとしても能力さえあれば、男性というだけで地位を得ているような者には決して負けはしない、という自信が高く張った調べの中に漲っています。

この作品は一読、男性に対する女性の地位を見据えた句のようにも見えるのですが、根底は教育の重要さを説いているのです。男女の区別なくしっかりと教育を受けたものがしかるべき立場に就くことの重要性を教育者としてのしづの女は痛感していたのでしょう。性差、貧富、家柄など、自分ではどうしようもない差を超え、人間を評価しようとするフェアーな姿勢が伺えます。

こうした自己啓蒙が大切である、というしづの女の思いは次の句に現れています。

緑蔭や矢を獲《え》ては鳴る白き的

この句から聞こえてくる「音」にこそ、万物を鋭く感受することができる心が籠められているのです。「矢を獲ては鳴る白き的」のパーンという音の勁さは読む者を魅了します。

さて、この作品の主体は何でしょうか。的を貫く「矢」ではありません。「矢」を人生において降りかかって来る苦難と解するならば、それを逃げることなく堂々と受けて高らかに鳴る「白き的」なのです。そこに寡婦として懸命に一家を支えるしづの女が重なります。しかし、その環境は暗くなく、あくまでも「緑蔭」さながらに爽やかです。ここにも「音」の巧みな演出があるのです。

しづの女の長男、吉信は龍骨と号して旧制福岡高等学校入学前より俳句に親しみ、卒業時には他県の高校にも呼び掛けて「学生俳句連盟」を結成しています。九州帝国大学農学部に入学してからは機関紙「成層圏」を発行しました。刊行の辞には「詩は青年の特権！　吾々は、斯かる詩を思ふ存分既成老朽俳壇にホルモンとして注射したいのだ。吾々は学生の叡知と、純粋なる感激との堝として、成層圏を全高校生に捧げる」といかにも若人の雑誌らしく高らかに、学生に向けてのみならず日本全国の俳人へ対してもこれからの自分たちの進むべき方向を主張しています。いかにもしづの女の長男、といった気概が伝わって来ます。

しづの女も作品の発表、作句の指導、さらに「成層圏作品短評」や「新蝶古雁」など作品評や俳論を執筆して福岡、九州を越えて俳句の道に進もうという若者の指導、教育に尽力しています。まさに、教育者、しづの女の出番です。

「成層圏」には中村草田男も時折、指導の筆を執っていますし、東京帝国大学の学生らによる「成層圏東京句会」には安東次男や金子兜太が加わっていた時期もありました。時局が険しくなるまで十五冊続いた「成層圏」でしたが、残念ながら昭和十六年六月には休刊となってしまいました。しかし、しづの女が龍骨に託した俳句の夢は先の俳人の方々を通じて今も俳壇に流れているのです。

天に牽牛地に女居て糧を負ふ

しづの女は俳句のみならず散文にも優れた作品を多く残しています。雑誌掲載の「渡海難」「山と人」「春」や新聞に掲載された「七夕祭」「格子戸の中」「春愁」などには俳句で尽くせぬ思いを筆を縦横に執って綴っています。なかでも「雪折れ笹」は昭和八年四月一日二日の福岡日日新聞に掲載されたもので、脳溢血で倒れ看病を尽くすものの叶わなかった夫伴蔵《ばんぞう》の死に取材したものです。獣医師であった伴蔵は福岡県立福岡農学校に奉職、その後、粕屋農学校に校長として赴任、激務の内に僅か約二年にして倒れ亡くなっているのです。天に瞬く牽牛星はまさに伴蔵を象徴しており、織女たるしづの女はまだこの世にいて精一杯、家族を養っているという対比を見せており、ふたりを隔てている天の川は冥界を異にすることを暗示しているかのようです。

さらにしづの女に悲劇は追い打ちを掛けます。期待を掛けていた龍骨が昭和二十年、結核で亡くなったのです。

米提げてもどる独りの天の川

伴蔵が亡くなった時、遺された家族のために働き、生きる糧を懸命に得て来たしづの女でしたが、他の子供たちも手を離れ、夫と長男を見送った後の独りの後ろ姿が見えてくるようです。ここにも背景として「天の川」が据えられています。論作ともに秀でていた龍骨の早すぎる死はその後の俳壇にとっても大きな損失でした。

吾が米を警吏が量る警吏へ雪

敗戦はさまざまな生活の変化を余儀なくさせました。故郷稗田村に広い農地を有していたしづの女は農地改革により没収されぬよう田小屋を建てて住みひとり黙々と耕したのです。生きて父祖の地を守り抜く、という確固とした意志がしづの女を貫いていたのです。こうした無理が祟ったのでしょう。昭和二十六年、一月に母を見送るや、追うように八月三日、腎臓病で亡くなりました。享年六十四。まさに教育者として、母親としてあまたの辛苦の「矢」を真正面から「獲ては鳴る白き的」のように見事な生涯を貫いたのです。

（俳人）

■初出一覧

Ⅰ竹下しづの女

俳句

香西照雄編著『定本　竹下しづの女句文集』星書房（昭和三九年三月二日）

俳論

「自句自解」、「天の川」三巻六号（大正一〇年一月一日）

「かな女・久女・みどり女・あふひ・せん女・淡路女・三巴女諸氏」、「俳句研究」（昭和一〇年一〇月）

「学生俳句連盟は存在している」、「成層圏」第二巻第四号（昭和一三年一〇月一日）

「俳句は環境諷詠詩である」、「成層圏」第三巻第二号（昭和一四年六月五日）

「不安を糧とせよ」、「成層圏」第三巻第二号（同右）

「新蝶古雁」、「成層圏」第二号・第四号・第二巻二号・第三巻一号（昭和一二年六月二七日～一四年二月五日）

小品

「明るいカンナ」、香西照雄編著『定本　竹下しづの女句文集』星書房（昭和三九年三月二日）

「渡海難」、「ホトトギス」第二四巻第七号（大正一〇年五月一日）

「山と人」、「ホトトギス」第三〇巻第八号（昭和二年五月一日）

「七夕祭」、「門司新報」（昭和三年七月二四日～二六日、福岡県立図書館所蔵）

「雪折れ笹」、「福岡日日新聞」（昭和八年四月一、二日）

「児童図書館の諸問題」、「福岡県立図書館月報」第一六五号（昭和一〇年七月一〇日）

Ⅱ竹下龍骨

俳句

「成層圏」第一号～第一五冊（昭和一二年四月二五日～一六年五月一五日）

俳論

「俳句の根本問題」「成層圏」第二巻二号（昭和一三年四月一五日）

「芭蕉」その一・その二（未完）、「成層圏」第四巻第二号・第一五冊（昭和一五年一〇月一〇日・一六年五月一五日）

福岡市文学館選書 4

竹《たけ》下《した》しづの女《じょ》・龍《りゅう》骨《こつ》 句《く》文《ぶん》集《しゅう》

著者 竹下しづの女／竹下龍骨

発行日 2017年3月31日 発行
編集 神谷優子
発行 福岡市文学館（福岡市文学振興事業実行委員会）
〒814-0001　福岡市早良区百道浜3丁目7番1号
電話 092-852-0606
発売・制作 有限会社海鳥社
〒812-0023　福岡市博多区奈良屋町13番4号
電話 092-272-0120　FAX 092-272-0121
http://www.kaichosha-f.co.jp/
印刷・製本 大村印刷株式会社
デザイン 長谷川義幸 office Lvr
組版設計 汀線社（俳句・「成層圏」総目次・年譜）
校正 聚珍社

ISBN978-4-86656-000-7
［定価は表紙カバーに表示］